젊은 베르테르의 슬픔

젊은 베르테르의 슬픔

초판 1쇄 발행 | 2014년 03월 05일
초판 5쇄 발행 | 2025년 03월 10일

지은이 | 요한 볼프강 폰 괴테
옮긴이 | 엄인정

발행인 | 김선희 · 대 표 | 김종대
펴낸곳 | 도서출판 매월당
책임편집 | 박옥훈 · 디자인 | 윤정선 · 마케터 | 양진철 · 김용준

등록번호 | 388-2006-000018호
등록일 | 2005년 4월 7일
주소 | 경기도 부천시 소사구 중동로 71번길 39, 109동 1601호
        (송내동, 뉴서울아파트)
전화 | 032-666-1130 · 팩스 | 032-215-1130

ISBN 978-89-98702-12-0 (03850)

· 잘못된 책은 바꿔드립니다.
· 책값은 뒤표지에 있습니다.

이 도서의 국립중앙도서관 출판시도서목록(CIP)은 서지정보유통지원시스템 홈페이지
(http://seoji.nl.go.kr)와 국가자료공동목록시스템(http://www.nl.go.kr/kolisnet)에서
이용하실 수 있습니다.(CIP제어번호 : CIP2014004672)

월드클래식 시리즈 02

The Sorrows of Young Werther

젊은 베르테르의 슬픔

요한 볼프강 폰 괴테 지음 | 엄인정 옮김

매월당
MAEWOLDANG

나는 가엾은 베르테르를 통해 얻을 수 있었던 모든 것들을
조심스럽게 모아서 당신께 선사합니다.
당신은 이런 내게 고마워할 것이라 믿습니다.
당신은 그의 영혼과 성품을 통해 감탄과 사랑을 느낄 수 있을 것이며,
그의 운명을 통해 눈물을 흘리실 것입니다.
착한 영혼을 가진 그대여, 그의 슬픔에서 위안을 얻으십시오.
그리고 만약 당신이 불운이나 당신의 잘못으로 인해
진정한 벗을 찾지 못했다면,
이 작은 책을 당신의 벗으로 삼아주십시오.

Contents

제1권

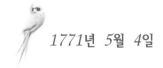

　이렇게 떠나온 것이 얼마나 기쁜지 모르네! 사랑하는 친구여, 인간의 마음이란 이러한 것인가. 서로 떨어질 수 없고, 그렇게 사랑했던 자네 곁을 떠나온 것이 이렇게 행복하다니! 자네는 그런 나를 용서할 거라 믿네. 다른 사람들과의 관계는 내 마음을 괴롭히려고 특별히 운명에 의해 결정된 것이 아닐까? 가엾은 레오노레! 하지만 그것은 내 잘못이 아니네. 내게 잘못이 있다면 그녀의 여동생이 지닌 묘한 매력에 이끌려 흐뭇한 마음으로 즐거워하던 중에, 안타깝게도 레오노레의 마음에 나에 대한 열정이 불타오른 것을 내가 어찌할 수 있었겠나? 하지만 내게 전혀 잘못이 없는 것일까? 내가 그녀의 감정을 자극한 것은 아닐까? 그녀가 계속 웃어대곤 했는데, 혹여 나는 그런 그녀의 모습에 매력을 느끼고 있었던 것은 아니었을까? 그것이 나를 계속 즐겁게 하지 않았던가? 오! 스스로 변명이나 늘어놓고 있는 나라는 인간이란!

　사랑하는 친구여, 나는 약속하겠네. 나를 개선하고, 내 운명에 기대어 매 순간 사소한 걱정거리로 고민하던 습관들을 버리겠다고 말이야. 현재를 즐기고 과거는 과거로 흘려보내겠네. 자네가 확실히 옳았어. 나의 가장 소중한 친구여, 만약 인간이 상상력을 발휘해서 그렇게 끊임없이 과거의 불행했던 기억을 되살리려 하지 않고, 평온하게 현재에 충실할 수 있다면 인간의 고통은 지금

보다 훨씬 더 줄어들 텐데……. 하지만 왜 그들은 그런 식인지 모르겠네. 신은 분명 알고 계실 테지.

어머니께서 내게 맡기신 일은 최선을 다하고 있다네. 그 일에 대해서는 빠른 시일 내에 알려드린다고 전해 드리게. 그리고 아주머니를 만났는데, 그녀는 사람들이 말했던 것만큼 나쁜 사람은 아니더군. 그녀는 생기 있고 유쾌하며 따뜻한 마음을 지녔다네. 나는 아주머니께 어머니가 갖고 계신 불만에 대해 설명해 드렸네. 아주머니가 갖고 있는 유산에 관해서 말일세. 아주머니는 내게 그럴 수밖에 없었던 동기와 이유에 대해 말씀해 주셨지. 하지만 조건이 맞는다면 기꺼이 유산을 포기할 의사가 있다고 말씀하셨어. 우리가 요구한 것 이상으로 말이야.

요약하면, 나는 지금 더 이상 이 문제에 대해 쓰고 싶지 않다는 것일세. 단지 어머니께 모든 것이 다 잘 되어가고 있다고 확신시켜 드리고 싶을 뿐이네. 그리고 사랑하는 친구여, 나는 다시 한 번 깨닫게 되었다네. 이러한 사소한 사건, 오해와 태만이 술수나 사악함보다 더 많은 악영향을 미친다는 것을 말이네. 모든 사건들 중에 술수나 사악함으로 인한 문제는 가장 드물지만 말이야.

그건 그렇고, 나는 여기서 아주 잘 지내고 있네. 이 낙원에서 느끼는 고독은 내 마음에 따뜻한 위안이 되어준다네. 청춘의 계절은 풍성함으로 나에게 용기를 주며, 때때로 불안한 내 마음을 달래준다네. 나무마다, 울타리마다 모두 꽃들로 가득 차 있다네. 나는 풍

뎅이가 되어 이 향기로운 바다 위를 떠다니며 온갖 영양분을 찾고 싶다네.

 이 도시 자체는 그다지 좋지 않지만, 교외에서는 말로 형용할 수 없는 자연의 아름다움을 찾을 수 있다네. 지금은 고인이 된 M 백작도 이런 아름다움에 이끌려 이 언덕에 정원을 만든 것이지. 이 언덕은 이루 말할 수 없이 아름다우며, 다양함이 교차되면서 사랑스러운 계곡을 만들고 있다네. 정원은 소박한 편인데 아마 입구에 들어서면서부터 쉽게 느낄 수 있을 것이네. 이 정원의 설계자는 학문적으로만 능통한 설계자가 아니라 스스로 즐거움을 느끼기 위해 그의 감정에 충실한 설계자라는 것을 말일세. 이 정원의 황폐해진 정자에 앉아 먼저 떠난 백작을 회상하며, 그가 즐겨 쉬던 곳이자 지금은 나의 자리이기도 한 이곳에서 나는 이미 많은 눈물을 흘렸다네. 나는 곧 이곳의 주인이 될 것이네. 정원사도 내게 호감을 갖고 있고, 그렇게 한다 해도 그가 손해 볼 것은 없으니 말일세.

5월 10일

내 마음은 놀라울 만큼 평온한 감정에 사로잡혀 있다네. 내 온 마음을 다해서 즐기고 있는 이 감미로운 봄날의 아침처럼 말일세. 나는 홀로, 마치 내 마음과 같은 이들을 위해 만들어진 듯한 이곳에서 삶의 매력을 느끼고 있다네. 나는 정말 행복하다네, 친구여!

아름답고 조용한 생활에 마음을 빼앗긴 나머지 나의 재능은 소홀히 하고 있지만 말이야. 나는 지금 선線 하나도 제대로 그리지 못하고 있네. 하지만 나는 일찍이 지금처럼 더 멋진 예술가는 되어본 적이 없다네. 안개가 서려 있는 사랑스러운 골짜기는 나를 둘러싸고, 태양은 빛이 들어오지 않는 숲 밖에 있으며, 다만 몇 줄기의 광선만이 신성한 숲 속에 침투할 수 있을 뿐이네. 졸졸 흐르는 냇가 옆의 우거진 수풀에 누워 대지 가까이에 얼굴을 갖다 대면, 온갖 종류의 이름 모를 식물들을 볼 수 있다네.

그리고 줄기 사이의 작은 세계에서 윙윙거리는 소리를 들을 때면, 셀 수 없을 만큼 신기한 곤충과 날벌레들에게서 친근함을 느낀다네. 더불어 자신의 모습을 본떠 우리를 만들어내신 전지전능한 그분의 존재와 우리를 보살펴주시는 거대한 사랑의 숨결을 느낀다네. 그것이 영원의 황홀함 속에서 우리 주위를 떠돌 때면 친구여, 내 눈은 암흑으로 뒤덮이고 나를 둘러싼 하늘과 대지는 사랑하는 여인의 모습처럼 완전히 내 영혼 속에 머문다네. 그리고 그때, 나는 그리워하며 이런 생각을 한다네. 아아, 이런 감정을 어떻게 설명할 수 있을까, 내 안에 살아 있는 충만한 따뜻한 감정들을 종이 위에 표현할 수는 없을까, 그리고 그대의 영혼이 무한한 신의 거울인 것처럼, 이 종이가 그대의 영혼을 비추는 거울이 될 수는 없는 것일까!

오, 친구여, 하지만 그것은 너무 강력하여 결국 나는 이러한 현상의 장엄한 힘에 의해 쓰러져버리고 만다네.

5월 12일

이곳에 사람을 홀리는 정령이 있는 것인지 아니면 내 마음속에 있는 무한한 환상 때문인지, 내 주위를 감싸고 있는 모든 것들이 나에게는 낙원 같다네.

집 앞에는 샘이 하나 있는데, 그 샘의 매력에 이끌려 나는 멜루지네(고대 프랑스 전설 속에 나오는 물의 요정-옮긴이)와 그 자매들처럼 그 곁에서 벗어날 수가 없다네.

낮은 계단을 내려가면 아치형 문이 보이는데, 거기서 스무 계단 정도 더 내려가면 대리석에서 흘러나오는, 수정처럼 아주 깨끗한 맑은 물이 솟아나온다네. 그 위를 둘러싼 좁은 벽과, 그 주변을 에워싼 키 큰 나무들, 그리고 그 공간에서 느껴지는 시원함, 이 모든 것들은 즐거움을 주면서도 숭고한 인상을 준다네.

나는 이곳에서 매일 한 시간 정도 시간을 보내고 있네. 소녀들은 물을 길어가기 위해서 시내에서 온다네. 그것은 순박하면서도 꼭 필요한 일이 아니겠는가. 예전에는 공주들도 그런 일을 했다네.

내가 그곳에서 쉬고 있을 때면, 그 옛날 가부장 시대의 모습이 내 주변에서 되살아난다네. 나는 샘물가에서 그네들이 어떻게 친목을 다지고 구혼했는지를 보았다네. 샘물가 주변에는 자애로운 정령들이 떠돌고 있었던 것이지. 아아, 이런 감정을 느끼지 못하는 사람은 분명, 한여름의 지치고 힘든 여정을 마친 후에 우물물의 시원함을 즐기며 휴식을 취해 보지 못한 사람일 것이네.

5월 13일

이곳으로 나의 책들을 보내도 되겠느냐고 물었었지. 여보게 친구, 부탁인데 제발 그것들에게서 나를 좀 해방시켜주게나. 나는 더이상 어떠한 가르침도 필요 없고, 자극이나 격려 따위를 받기도 싫다네. 내 마음은 이미 충분히 끓어오르고 있으니 말이야. 내게 필요한 것은 나를 달래줄 자장가뿐이네. 그리고 난 그것을 호메로스의 책에서 충분히 찾을 수 있네. 나는 불타오르는 혈기를 얼마나 자주 이 자장가로 달래고 있는지 모른다네. 내 마음처럼 이토록 변덕스럽고, 불확실한 것을 자네는 결코 본 적이 없을 테지.

하지만 친구여, 내가 굳이 이것을 고백해야 할 필요가 있을까. 자네는 내가 슬픔에서 격렬한 기쁨으로, 감미로운 감상에 젖었다가 파괴적인 열정으로 바뀌는 것을 자주 보았고, 또 그 고통을 참아주지 않았던가. 나는 가엾은 내 마음을 아픈 아이처럼 다루고 있네. 그래서 무엇이든지 마음대로 하도록 내버려두고 있다네.

부디 이 이야기를 다시 꺼내진 말아주게. 이 일에 대해서 나를 비난하는 사람도 있을 테니 말이야.

5월 15일

이곳의 서민들은 벌써 나를 좋아하는데, 특히 어린아이들이 그러하다네. 처음에는 내가 그들과 친해지려고 먼저 다가가 다정한 목소리로 여러 가지 질문을 했었는데, 그중 몇 사람은 내가 자신들을 놀린다고 생각했는지 나에게 불쾌하게 대하기도 했다네.

하지만 그런 상황에서도 낙담하진 않았다네. 다만 예전에 이미 알고 있었던 것을 다시 한 번 절실히 느꼈을 뿐이네. 자신이 특별한 신분이라고 생각하는 사람들은 서민들과 가까이 하면 마치 큰 손해를 입는다고 생각하며, 그들을 항상 냉대한다는 사실 말일세. 반면에 일부러 겸손한 척하면서 자신들의 거만함을 하층민들에게 더 절감하게 하는 경박한 악질들도 있다네.

나는 모든 사람들이 평등하지 않으며 또 그렇게 될 수 없다는 것을 잘 알고 있네. 하지만 존경받기 위해서 서민들을 멀리하는 자들은, 패배를 두려워하고 적을 피해 숨어 있는 겁쟁이라고 비난받아도 마땅하다고 생각하네.

얼마 전 나는 샘물가에서 젊은 하녀를 만났다네. 그녀는 물동이를 맨 아래쪽 계단에 내려놓고, 머리 위에 물동이를 얹는 걸 도와줄 누군가가 없는지 주위를 둘러보고 있었다네. 나는 내려가서 그녀를 보며 말했네.

"도와드릴까요, 아가씨?"

그러자 그녀는 얼굴을 몹시 붉히며 외쳤다네.

"오, 아니에요, 나리!"

"사양하지 말아요!"

내가 그렇게 말하자 그녀는 똬리를 머리 위에다 고쳐놓았고 나는 그녀를 도와주었네. 그녀는 내게 고맙다는 인사를 하고 계단을 올라갔다네.

나는 여러 계층의 사람들과 알고 지내고 있지만 진정한 벗은 찾지 못했네. 나의 어떤 점이 사람들을 이끄는지는 모르겠지만, 많은 이들이 나를 좋아하고 잘 대해 준다네. 그럴 때면 나는 우리가 함께 가는 길이 너무 짧고, 함께할 시간이 너무도 부족하다는 생각이 들어 슬퍼진다네. 이곳 사람들이 어떠냐고 내게 물었지? 내 대답은 어느 곳이나 마찬가지라는 것이네. 인간이란 다 비슷하니까 말이야. 대부분의 사람들은 단지 생계를 위해 많은 시간을 할애하다가, 자유 시간이 생기면 오히려 불안해져서 그 시간을 없애는데 전력을 다한다는 말일세. 오, 인간의 운명이란 이런 것인가!

하지만 그들은 정말 좋은 사람들이네. 이따금 나는 내 자신을 잊고, 우리에게 허용된 순수한 즐거움을 그들과 함께할 때가 있다네. 예를 들면, 잘 차려진 테이블에 둘러앉아 자유롭게 이런저런 이야기를 나눈다든지, 소풍을 간다든지 아니면 무도회를 마련한다든지 하는 것 말일세. 이러한 일들은 내게 좋은 영향을 준다네. 다만 내가 이러한 것들을 즐길 수 있는 때는, 내 안에 잠재되어 있는 수많은 것들, 그것들은 쓸모없이 썩어가고 있으며 나는 그것을 조심스럽게 숨겨야만 한다는 것을 잊고 있을 때뿐이네. 아아! 이런 생각들은 내 마음을 두렵게 만든다네. 하지만 오해를 받는 것은 인간의 운명 아니겠는가.

아아, 내 어린 시절의 여자 친구가 세상을 떠났다니! 아아, 내가 알던 그녀가 말이야! 나는 내 자신에게 '너는 이곳에서 찾을 수 없는 것을 찾고 있는 멍청이!'라고 말해 주고 싶네. 하지만 그녀는 나의 것이었네. 나는 그녀의 마음을 가졌었고 그녀의 고귀한 영혼과 접촉하고 있었네. 그 영혼과 접촉하면 나는 스스로 가능한 모든 것들이 될 수 있었기에 실제의 나 자신보다 더 위대하게 느껴졌었지. 아! 그때 내게 소모되지 않은 힘이 조금이라도 남아 있었던가?

그녀의 존재만으로 내 마음은 신비한 느낌으로 충만하여 모든 자연을 감쌀 수 있지 않았던가? 우리의 만남은 섬세한 감성과 날카로운 기지가 만들어낸 영원한 직물이며, 그것들이 만들어낸 다양함은 설사 그것이 기이할지라도 모두 천재라고 낙인찍힌 것이 아니었나? 아! 그녀가 나보다 몇 살 더 많았던 이유로 먼저 떠나간 것이네. 나는 그녀의 확고한 정신과 신성한 인내심을 결코 잊지 못할 것이네.

얼마 전에 나는 V라는 청년을 만났다네. 그는 솔직하고 스스럼없는, 용모가 단정한 친구였지. 그는 대학을 갓 졸업했고, 똑똑하다고 자부하지는 않았지만 다른 사람들보다는 많은 것을 알고 있다고 믿고 있었다네. 여러 정황으로 미루어볼 때 그는 성실한 편이었고 지식이 풍부했다네. 내가 그림에 재능이 있고 그리스어를 할 줄 안다는 이야기를 듣고는(이 두 가지를 한다는 것은 이 나라에서는 아주 대단한 일이라네.) 그가 나에게 다가와서 여러 가지 지식을 털어놓았네. 바토(1713~1780, 프랑스 미학자-옮긴이)에서 우드(1716~1771, 영국 비평가-옮긴이)까지, 드 필(1635~1709, 프랑스 화가이자 작가-옮긴이)에서 빈켈만(1717~1768, 독일 미술사가-옮긴이)까지, 그리고 그 밖의 자신의 박식함으로 과시했으며 이미 술제르(1720~1779, 독일 미학자-옮긴이)의 이론 제1장을 다 읽었고, 또한 하이네의 고대 연구에 관한 원고를 갖고 있다고 말하더군. 나는 그저 듣고만 있었다네.

또 어떤 한 사람을 알게 되었는데, 그분은 매우 훌륭한 분이라네. 그는 법무관인데 솔직하고 개방적인 사람이네. 나는 그분이 아홉 명의 자녀에게 둘러싸여 있는 것을 볼 때 가장 즐겁다네. 특히 그분의 맏딸에 관한 칭찬이 많다네. 그분께서 나를 집으로 초대해 주셨기 때문에 나는 빠른 시일 내에 그곳을 방문할 예정이네. 그는 공작의 수렵 별장에 살고 있는데, 이곳에서 한 시간 반쯤 걸리는 곳이라네. 아내를 잃고 시내에 있는 관사에서 사는 것이 고통스러워서 허가를 받고 이사를 했다고 하더군.

또한 나는 몇몇 특이한 부류들과도 알게 되었는데, 그들은 모든 면에서 참기 힘든 인간들이네. 내가 가장 견딜 수 없는 것은 억지로 다정한 척하려는 그들의 태도라네.

그럼 잘 있게. 이 편지는 매우 사실적이라 자네가 좋아할 것 같은 생각이 드네.

5월 22일

인생이란 한낱 꿈과 같고, 나 역시 어디에서든 이러한 감정으로 살아왔다네. 우리의 활동과 탐구력이 제한되어 있다는 한계를 생각할 때, 단지 필요에 의해 우리의 에너지가 얼마나 낭비되고 있는가를 알게 될 때, 또 그 모든 것들이 보잘것없는 우리의 존재를 연장하기 위해서일 뿐이라는 것을 깨닫게 될 때, 그리고 우리의 탐구심은 어느 정도에 이르면 끝이 나고, 우리가 그것에 만족을 느끼는 것은 우리 스스로가 우리의 감옥에 색색의 화려한 풍경을 그리면서 재미를 느끼고 있는 것과 같은 것이라는 것을 알게 될 때, 이 모든 것들을 생각하게 될 때면 빌헬름, 나는 할 말이 없어진다네. 나는 내 자신의 내부로 들어가 그곳에서 세계를 발견한다네. 하지만 그 세계는 뚜렷한 표현이나 활력이 있기보다는 환상과 어두운 욕망만이 있을 뿐이네. 그곳에서는 모든 것들이 나의 감각 앞에서 떠돌고 있다네. 나는 그 세계 속에서 미소 지으며 꿈을 꾼다네.

아이들이 스스로 왜, 무엇을 원하는지 알지 못한다는 것을 우리는 이미 여러 학자나 선생들을 통해 알고 있지. 하지만 이 세계에서는 어른들도 아이들처럼 방황하게 될 것이네. 그들은 어디서 와서 어디로 가야 할지 모르기 때문이지. 또한 그들은 확고한 동기가 부족하기 때문에 어린아이들처럼 비스킷이나 달콤한 과자, 자작나무 회초리에 지배될 뿐이네. 이런 사실은 누구도 인정하기 싫겠지만, 나는 그 어떤 것보다 이것이 명백한 사실이라고 생각한다네.

자네가 어떤 말을 할지 나는 잘 알고 있네. 나는 아이들처럼 그들의 장난감을 갖고, 인형 옷을 입혔다 벗겼다 하고, 엄마가 잠가둔 달콤한 간식이 들어 있는 찬장을 주시하며 마침내 맛있는 한 조각을 한껏 입에 넣으며 "더 주세요!"라고 외치는 아이들이 가장 행복하다고 말할 수 있네. 하지만 별 볼 일 없는 사업이나 열정에 거창한 명목을 내세우며 큰 의미를 부여하고, 그것을 인류의 안녕과 영광을 위한 거대한 목표라고 내세우는 사람들도 분명 행복한 사람들일 것이네. 반면에 이 모든 것들의 공허함을 겸허하게 인정하는 사람들도 있지. 자신의 작은 정원을 낙원으로 바꿀 수 있다는 기쁨과, 가난한 사람들이 무거운 짐을 지고 힘들어하면서도 묵묵히 자신의 길을 가는 것, 그리고 모든 사람들이 햇볕을 1분이라도 더 쬐고 싶어 한다는 것을 아는 사람들 말이네. 그래, 그런 사람은 평온함 속에서 스스로 자신의 세계를 만들어가고, 또한 인간으로 태어난 것을 행복해할 것이네. 그렇게 된다면 그의 세계가 제한된 곳일지라도, 그는 항상 가슴속에 자유라는 감미로운 마음을 품고 살아가는 것이지. 그리고 그는 자신이 원한다면 언제든 그의 감옥에서 벗어날 수 있다는 것을 알고 있다네.

자네는 오래전부터 나의 생활 방식을 잘 알고 있었지. 어딜 가든 아늑한 장소에 작은 오두막을 짓고 소박하게 살고 싶어 하는 것 말이야. 여기 이곳에서도 아주 매력적인 그런 곳을 발견했다네.

이 도시에서 도보로 약 한 시간쯤 떨어진 곳에 발하임(독자들께서는 이곳을 찾으려는 수고를 하지 마십시오. 부득이하게 원본의 지명을 바꾸었습니다.)이라는 곳이 있네. 언덕 위에 자리 잡고 있어서 재미있는 곳이지. 마을을 벗어나 오솔길을 따라가면 골짜기 전체가 한눈에 들어온다네. 그곳 작은 여관에는 성품이 괜찮은 나이든 부인이 살고 있는데, 나이에 비해 아주 쾌활한 그 부인이 포도주와 맥주 그리고 커피를 따라준다네. 그곳의 가장 큰 매력은 두 그루의 보리수인데, 교회 앞까지 울창한 가지가 뻗어 있어 농가와 헛간, 그리고 농장 전체를 에워싸고 있다네. 그렇게 편안하고 평화로운 곳은 일찍이 본 적이 없어. 나는 종종 여관에서 내 탁자와 의자를 가져와서 그곳에서 커피를 마시고 호메로스의 책을 읽는다네. 화창한 어느 오후, 우연히 그곳에 들렀을 때 그곳은 정말로 한적했지. 네 살 정도 되는 남자아이를 제외하고는 모두들 들에 나가고 아무도 없었지. 그 남자아이는 바닥에 앉아, 무릎 사이에 6개월 정도 된 아이를 앉히고 두 팔로 안아서 가슴에 받치고 있었네. 마치 안락의자처럼 말이야. 남자아이의 검은 눈동자는 생기발랄하게 두리번거렸지만 그래도 참으로 의젓했는데 내게는 그 광경이 매력적이었네. 나는 맞은편에 있는 쟁기 위에 걸터앉아 즐거운 마음으로 그 형제의 다정한 모습을 그렸다네. 그 옆에 있는 울타리와 헛간의 문, 부서진 몇 개의 수레바퀴도 같이 그렸네. 한 시간쯤 후에 내 생각이 조금도 들어 있지 않은 정확하고 재미있는 그림이 완성되었지. 이 그림은 앞으로도 온전히 자연과 더불어 살려고 하는 내 결심을 더 확고하게 해주었네. 자연만이 무한하고, 오직 자연만이 예술의 거장을 만들어낼 수 있다네. 시민 사회의 제도들이 장점이 있는 것처럼, 예술의 규칙에도 많은 장점이 있다고 할 수 있지. 규칙을 잘 지키는 예술가는 결코 절대적으로 형편없거나 조악한 것을 만들지는 않는다네. 법과 제도를 잘 준수하는 사람들이 불쾌한 이웃이나 악한이 될 수 없는 것처럼 말일세. 하지만 규칙이란 것은 자연 본연의 감정을 파괴할 수밖에 없다네. 그건 정말로 사실이네. 자네는 이렇게 이야기할 수도 있겠지.

'그건 너무 심한 말이군. 규칙이란 것은 울창한 가지를 잘라내듯, 단지 제한을 줄 뿐이네.'

친구여, 내가 비유 하나를 들어보지. 이것은 사랑과 똑같은 것이네. 한 청년이 어느 처녀에게 반했다네. 그는 하루의 모든 시간을 그녀를 위해 썼고, 그의 모든 정력과 재산을 그녀에게 바쳤어. 그녀를 위해 온전히 헌신한다는 것을 증명이라도 하듯 말이야. 그때 다른 이들의 존경을 받는, 즉 공직에 종사하는 한 남자가 다가와서 청년에게 이렇게 말했네.

"이보게 젊은 친구, 사랑은 자연스러운 것이니 그 한계를 넘어서는 안 되는 것이오. 당신의 시간을 나눠서 일부는 일하는 데 쓰고 나머지를 애인을 위해 쓰시오. 또한 당신의 재산을 정확히 계산해서 필요한 만큼을 제외하고 그 나머지를 애인의 선물을 사는 데 쓰시오. 하지만 너무 자주 선물을 사지는 마시오. 생일이나 혹은 특별한 날에만 사시오."

이 조언에 따른다면 그는 아마 사회에서는 유용한 사람이 될 것이고, 나는 그를 임명해 달라고 모든 영주들에게 제안할 것이네. 하지만 이로써 그의 사랑은 끝나버리고 말 테지. 그가 예술가라면 예술가로서의 삶도 말이야. 오, 나의 친구여! 천부적 재능의 물결이 넘쳐흘러 홍수를 이루고 쏟아져 나와 그대들의 영혼을 압도하며 일깨우는 일은 왜 이토록 어려운 일이란 말인가? 그것은 이 강물의 양쪽에 훌륭한 신사들이 살고 있기 때문이네. 그들은 자신들의 정자亭子를 짓고 튤립 화단과 채소밭을 가꾸며, 혹시라도 그것들이 망가질까 봐 급박한 위험에 대비해 도랑을 만들고 제방을 쌓고 있다네.

내가 비유와 연설을 늘어놓는데 정신이 팔려 그 후에 아이들이 어떻게 되었는지 말해 준다는 걸 잊고 있었네. 어제 편지에도 간략하게 썼지만, 난 그림의 분위기에 취해서 쟁기 위에 두 시간 가량 계속 앉아 있었네. 저녁이 되자 한 젊은 여인이 팔에 바구니를 끼고 아이들을 향해 뛰어왔다네. 아이들은 그때까지 꼼짝도 하지 않고 있었어.

"착하구나, 필립스."

라고 그녀가 외쳤네. 그녀는 내게 인사를 했고, 나도 일어서서 그녀에게 다가가 인사를 했지. 나는 그녀에게 이 아이들의 어머니냐고 물었고 그녀는 그렇다고 대답했네. 그녀는 큰아이에게 흰 빵 한 조각을 준 다음 작은아이를 안고서는 어머니의 사랑을 가득 담아 입맞춤을 했다네.

"필립스에게 아이들을 돌보라고 맡겨 놓았어요."

그녀가 말했네.

"그리고 저는 큰아이를 데리고 흰 빵과 설탕, 수프를 끓일 냄비를 사러 시내에 다녀오는 길이에요."

덮개가 떨어져 나간 바구니 안에서 나는 그녀가 말한 모든 것들을 볼 수 있었지.

"오늘 저녁에 한스(막내의 이름이라네.)에게 수프를 끓여주려고 해요. 장난이 심한 큰아이가 어제 냄비를 깨뜨렸어요. 냄비에 남은 음식을 서로 먹겠다고 필립스와 싸우다가요."

나는 큰아이에 대해 물어봤다네. 그녀는 큰아이가 풀밭에 있는 거위 몇 마리를 쫓고 있다고 말했고 그 순간 그 아이가 달려왔다네. 그 아이는 필립스에게 버드나무 가지를 건네주었지. 나는 그 여인과 좀 더 이야기를 했다네. 그녀가 교사의 딸이라는 것과 그녀의 남편이 자신의 몫으로 남겨진 유산 때문에 스위스 여행 중이라는 것도 알게 되었지.

"친척들은 모두 한패가 되어 남편을 속이려고 했어요."

그녀가 말했네.

"그리고 그들은 남편의 편지에 답장조차 하지 않았어요. 그래서 그이가 직접 그곳으로 찾아가게 된 거예요. 그이에게 아무 일도 없어야 할 텐데. 그이가 떠난 이후로 아무런 소식도 듣지 못했거든요."

나는 자리에서 일어났고 안타까운 마음에 아이들에게 각각 1크로이처씩 주었다네. 그리고 막내아이를 위해서도 1크로이처를 그녀에게 건네며, 다음에 시내에 나갈 때 수프에 곁들여 먹을 수 있는 흰 빵을 사주라고 말했지. 그리고 헤어졌네.

이보게 친구여, 나는 마음이 혼란스러워질 때 이러한 사람들을 보면 어지럽던 마음이 잔잔해진다네. 제한된 삶의 틀 속에서도 담담한 모습으로 만족해하며 하루하루를 살아가고, 또 낙엽이 지는 것을 보며 겨울이 오고 있다는 것 외에는 다른 생각을 하지 않는 사람들 말이네.

그 후로 나는 그곳에 자주 들른다네. 아이들은 나와 아주 친해져서 내가 커피를 마실 때면 설탕을 얻어가고, 저녁에는 우유와 버터를 바른 빵 등을 나누어 먹는다네. 그리고 그들은 일요일마다 내게 1크로이처씩 받아간다네. 또한 내가 저녁 예배 후에 부득이하게 그곳에 들르지 못할 때는 대신 돈을 전해 달라고, 마음씨 좋은 아주머니에게 미리 말해 두었다네.

아이들이 나를 편하게 대하면서부터 많은 것들을 이야기해 주더군. 특히 다른 마을의 아이들이 함께 모일 때 그 아이들의 흥분된 모습과 솔직하고 순수한 행동을 지켜보는 게 가장 재미있다네.

그녀는 아이들이 나를 귀찮게 하진 않을까 걱정이라고 하더군. 나는 그런 그녀의 걱정을 덜어주려고 애쓰고 있다네.

5월 30일

얼마 전에 자네에게 했던 그림에 관한 이야기는 문학에도 딱 들어맞는 말이네. 중요한 것은 핵심을 파악하고 그것에 대해 과감하게 표현할 줄 알아야 한다는 것이네. 그렇게 한다면 몇 마디 말로도 많은 것들을 이야기할 수 있을 테니. 오늘 내가 본 장면을 그대로 표현한다면 아마 세상에서 가장 아름다운 목가牧歌가 되지 않을까. 하지만 왜 군이 문학이나 풍경이나 목가로 표현해야 하는 것인가? 예술에 의존하지 않고서는 우리는 자연 본연의 즐거움을 받아들일 수 없는 것인가?

이 편지의 서론을 보고 혹여 자네가 대단한 무언가를 기대한다면 그건 실수라네. 나의 흥미를 끈 것은 단지 한 농가의 청년이네. 평소처럼 나는 내 이야기를 어지럽게 늘어놓을 것이고, 자네는 늘 그랬듯 내가 과장하고 있다고 생각할 테지. 항상 그랬듯 이번에도 발하임에 관한 이야기일세. 이런 희귀한 일들은 항상 발하임에서 생겨난다네.

교외의 보리수 아래에서 커피를 마시는 모임이 있었네. 그곳 친구들은 나와 잘 맞지 않는 것 같아서 나는 이런저런 핑계를 대고 그들을 멀리하고 있었지.

그때 한 청년이 다가와서, 일전에 내가 그림을 그렸던 쟁기에 다가가 여기저기 손을 보기 시작했다네. 난 그런 그의 모습이 마음에 들어서 그에게 이것저것 물어보며 말을 붙였고, 그와 친해지게 되었다네. 내가 그런 부류의 사람을 좋아하기 때문에 나는 곧 그에게 믿음이 생겼다네. 그는 젊은 미망인 밑에서 일하고 있다고 말했지. 그녀가 잘 대해 주고 있다면서 그는 미망인에 대해 많은 이야기를 했고, 수많은 칭찬을 늘어놓았다네. 그래서 난 그가 그녀를 진심으로 사랑하고 있다는 것을 곧 알아챌 수 있었지.

그녀는 젊은 편은 아니라더군. 또한 그녀는 전 남편에게 너무 시달려서 재혼할 생각이 없다고 했다더군. 그의 말을 듣고 있으니 그녀가 얼마나 매력적으로 그를 사로잡았는지 확실해졌다네. 또한 그녀가 첫 남편에 대한 안 좋은 기억을 지우기 위해 자신을 선택해 주길 그가 얼마나 바라고 있는지도 말이야.

가엾은 청년의 순수한 연정과 사랑, 그리고 진실함을 자네에게 그대로 전달하려면, 아마도 그 청년의 말을 하나하나 그대로 되풀이해야 될 것이네. 정말로 그의 태도, 그의 목소리의 조화로움 그리고 그의 눈빛에 담긴 신성한 불꽃을 표현하려면 내게 세상에서 가장 위대한 시인의 재능이 필요할 걸세. 그 어떤 말로도 그의 태도나 모습에서 나오는 다정함을 재현할 수 없고, 내가 노력을 한다 해도 마찬가지일 것이네.

특히, 혹 내가 그녀를 향한 그의 마음을 오해한다거나, 그녀의 행실이 부적절하다는 의심을 할까 걱정하는 그의 모습에서 감동을 받았다네. 그녀는 비록 젊지 않았지만 그를 사로잡았고, 그런 그녀의 모습과 성품을 말할 때의 그의 매력적인 태도는 정말로 멋있었다네.

나는 그러한 것들을 그저 마음속으로 상상해 볼 뿐이지. 나는 이토록 강렬한 욕망과 정열적인 사랑이 이렇게 순수하게 표현되는 것을 단 한 번도 본 적이 없다네. 이런 순수함과 진실함을 떠올릴 때 내 영혼은 깊은 감명을 받게 된다네. 이러한 진실함과 사랑은 어디에서든 나를 따라다니고, 지금 내 마음도 불꽃이 타오르고 있다네. 그렇다고 해서 나를 나무라지는 말게나.

나는 빠른 시일 내에 그녀를 만나러 갈 생각이네. 하지만 다시 생각해 보니 만나지 않는 게 좋을 것도 같네. 그녀의 애인을 통해 그녀를 보는 것이 훨씬 더 나을 것 같으니 말이야. 아마도 내가 직접 보게 된다면 지금 내가 생각하는 그녀의 모습과 다를 수도 있겠지. 왜 굳이 이 아름다운 영상을 망가뜨리겠는가.

6월 16일

왜 자네에게 편지를 쓰지 않았느냐고? 내게 그런 질문을 하다니, 자네가 학자라고 할 수 있는가. 내가 잘 지내고 있을 거라고 생각하게나. 다시 말해서, 나는 내 마음을 사로잡은 누군가를 만나고 있다는 것이네. 그 이야기를 어디서부터 꺼내야 할지 모르겠군.

진정으로 사랑스러운 그녀와 어떻게 만나게 되었는지 자네에게 조리 있게 설명하기란 참으로 어렵다네. 나는 지금 행복하고 또 이 생활에 만족하고 있으니, 굳이 자네에게 지난 일들을 일일이 다 설명할 필요는 없을 것 같네.

천사! 아니! 이런 말은 누구나 자기 애인에게 쓰는 말이지. 그녀가 얼마나 완벽한지 자네에게 설명하기란 불가능하다네. 그녀는 내 온 마음을 사로잡았네. 그녀는 진정으로 순수하면서도 총명하고, 온순하면서도 단호하며, 침착하면서도 매우 활동적이라네.

하지만 이 모든 것들은 다 헛소리일 뿐, 어떤 말로도 그녀의 성품이나 모습을 조금도 나타낼 수 없다네. 이다음에, 아니, 다음이 아니라 지금 당장 모든 것을 말해야겠네. 지금 아니면 못 할 것 같으니. 사실 우리끼리 하는 말이지만, 편지를 쓰기 시작한 이후로 나는 벌써 세 번이나 펜을 놓고 말을 타고 나가려고 했다네. 하지만 오늘 아침에 맹세했지. 오늘은 말을 타지 않겠다고 말이야. 그러면서도 나는 해가 얼마나 높이 떠올랐는지 계속 창가로 달려가곤 했다네.

나는 결국 참지 못하고 그녀에게 갔다네, 빌헬름. 지금 막 돌아와서 저녁 식사를 하고 자네에게 편지를 쓰고 있는 것이지. 사랑스럽고 예쁜, 여덟 명의 남동생과 여동생에게 둘러싸여 있는 그녀의 모습을 보는 것이 얼마나 큰 기쁨인지 모른다네.

하지만 이렇게 계속 이야기하다가는 자네가 이 편지를 다 읽어도 무슨 말인지 모를 테지. 그러니 잘 들어보게. 좀 더 자세하게 이야기해 볼 테니까.

일전에 자네에게 내가 법무관인 S를 알고 있다고 말하지 않았나. 법무관인 그의 은신처로, 아니 작은 왕국이라고 하는 게 낫겠군. 어쨌든 그곳에 초대를 받은 적이 있었지. 하지만 나는 망설이고 있었는데 아마 그의 은신처에 숨겨진 보물을 발견하지 못했다면 결코 그곳에 가지 않았을 거야.

그곳의 청년들이 무도회를 연다기에 나는 흔쾌히 참석하기로 했네. 나는 예쁘고 상냥하지만 다소 평범해 보이는 여성에게 파트너가 되어 달라고 요청했지. 그녀는 동의했고, 나는 마차를 빌려 그녀와 그녀의 사촌 언니를 태우고 무도회장으로 갔네. 그리고 중간에 들러 로테라는 아가씨도 태우고 가기로 했지. 수렵 별장이 있는 숲길을 지날 때 내 파트너가 나에게 말했지.

"곧 아주 매력적인 여인과 만나게 될 거예요."

그리고 그녀의 사촌이 덧붙여 말했어.

"조심하셔야 될 거예요. 마음을 빼앗기지 않도록 말이에요."

내가 말했지.

"왜 그래야 하죠?"

그러자 그녀의 사촌이 대답했지.

"그녀는 이미 부유한 남자와 약혼을 했으니까요. 그녀 약혼자의 아버지가 돌아가셨는데 그가 뒷수습을 하기 위해 여행 중이라더군요. 그는 어마어마한 유산을 받을 예정이래요."

나는 이러한 이야기에 조금도 흥미가 없었다네.

우리가 대문 앞에 도착했을 때 해는 이미 산마루를 넘어가고 있었지. 날씨는 무더웠고 여자들은 폭풍이 몰려올까 봐 두려워하고 있었다네. 커다란 먹구름이 수평선 주위에 머물고 있었지. 나는 그녀들을 안심시키기 위해 날씨에 관해 꽤 잘 알고 있는 척해야

했다네. 그러면서도 모처럼의 즐거움이 사라지지 않을까 걱정이
되었지.

  내가 마차에서 내리자 하녀가 문 앞까지 나와서 잠깐 기다려 달
라고 하더군. 나는 멋지게 잘 지어진 그 집 정원을 지나서 앞쪽 계
단으로 올라갔다네. 그리고 문으로 들어섰을 때, 나는 여태껏 보
지 못했던 정말 매력적인 광경을 보게 되었네. 두 살에서 열한 살
정도 되어 보이는 여섯 명의 아이들이 복도에서 달려와 그녀를 에
워싸고 있었다네. 그녀는 중간 정도의 키에 사랑스러운 모습이었
는데, 분홍 리본이 장식된 하얀 옷을 입고 있었네. 그녀는 손에 검
은 빵을 쥐고 작은 조각으로 잘라서 아이들의 나이와 식성에 맞춰
나누어주었네. 그녀는 애정이 가득 담긴 모습으로 자신의 역할을
해내고 있었어. 아이들은 고사리 같은 작은 손을 높이 쳐들고 자
신의 차례를 기다렸고 빵 조각을 받으면 정말 천진난만하게 "고맙
습니다."라고 크게 외치기도 했다네. 아이들 중 몇몇은 빵을 받자
마자 뛰어나갔고, 반면에 차분한 아이들은 조용히 문 쪽으로 다가
가서 로테 누나가 타고 갈 마차와 낯선 방문객들을 살펴보기도 했
다네.

  "선생님을 이런 누추한 곳까지 오시게 해서 실례가 많습니다.
그리고 숙녀분들을 기다리시게 해서 정말 죄송합니다. 떠나기 전
에 옷을 갈아입고 집안일을 하느라 아이들의 저녁 식사를 잊고 있
었어요. 아이들은 제가 주는 것 외에는 먹으려고 하지 않거든요."

그녀가 말했다네.

나는 그녀에게 담담하게 인사했지만 내 영혼은 그녀의 분위기와 목소리, 그리고 그녀의 태도에 완전히 매료되었다네. 나는 그녀가 장갑과 부채를 가지러 방으로 들어갈 때까지 정신을 차리지 못했지. 아이들은 옆에서 호기심 가득한 얼굴로 나를 쳐다보고 있었네. 나는 가장 어리고 귀여운 아이에게 다가갔는데, 갑자기 그 아이가 뒤로 물러서더군. 그러자 그 순간 로테가 방에서 나오며 말했지.

"루이스, 친척분과 악수하렴."

그 어린아이는 나와 흔쾌히 악수를 했지. 그 애의 얼굴은 지저분했지만 나는 그 아이에게 입맞춤하지 않을 수 없었다네.

"친척이라고요?"

나는 그녀에게 손을 내밀며 물었지.

"내가 당신의 친척이 될 자격이 있나요?"

그녀는 미소 지으며 대답했네.

"오!, 저는 친척이 정말 많아요. 그 친척들 중에 당신이 제일 자격이 없으시다면 유감일 것 같네요."

떠나면서 그녀는 바로 밑의 여동생 소피에게 당부를 했다네. 그 아이는 열한 살이었는데, 로테는 소피에게 아이들을 잘 돌보라면서, 아버지가 산책 갔다 돌아오시면 자신이 나갔다 온다는 말을 전해 주라고 하더군. 그리고 어린아이들에게 이르기를, 소피는 자신과 마찬가지니 소피 언니의 말에 잘 따르라고 덧붙였고 몇몇은 그러겠다고 했어. 하지만 여섯 살 정도 되는 금발의 여자 아이는 툴툴거리며,

"하지만 소피 언니는 로테 언니가 아니야. 우리는 로테 언니가 제일 좋아."라고 말하더군.

그러는 동안 나이가 좀 많은 남자아이 둘이 마차에 올라탔고, 내 부탁으로 아이들이 숲 근처까지만 같이 갈 수 있도록 그녀가 허락해 주었네. 마차 안에서 얌전하게 있겠다는 약속을 받고서 말이야.

우리가 자리에 앉자 여자들은 서로 인사를 나누었고, 서로의 옷차림과 그들이 만나게 될 파트너에 관한 이야기를 나누었네. 그러다 로테가 마차를 멈추게 하고서는 남자 아이들을 내려주었지. 그들은 한 번 더 그녀의 손에 입을 맞추었다네. 큰아이는 열다섯 살답게 부드러운 태도로 입맞춤을 했지만, 다른 아이는 진중하지 못한 태도로 가볍게 입맞춤을 했다네. 그녀는 다시 한 번 아이들에게 인사를 시켰고 우리는 계속 마차를 타고 갔다네.

얼마 후, 그 사촌 언니라는 사람이 로테에게 지난번에 보내준 책을 다 읽었는지 물으니 그녀가 말하더군.

"아뇨, 제 취향은 아니더군요. 다시 돌려드릴게요. 지난번 책도 별로던데요."

나는 그 책의 이름을 물어보았지. 그리고 그녀의 대답을 들었을

때 정말로 놀랐다네. 그 책은 ○○이었네.(한 소녀의 비평이나 일정하게 자기주장이 없는 청년의 불확실한 의견에 신경을 쓸 작가는 없겠지만, 혹시라도 불편해하실까 봐 우리는 부득이하게 이 부분을 삭제합니다.) 나는 그녀가 말하는 모든 것에서 예리함과 개성을 발견했네. 모든 표현이 새로운 매력, 새로운 정신의 빛으로 다가와 그녀의 얼굴을 더 빛나게 해주었지. 그녀는 내가 자신을 이해하고 있다고 느꼈는지 점점 만족해하는 모습을 보였다네. 그녀가 말했네.

"저는 어렸을 때 소설보다 더 좋아한 것은 없었어요. 휴일이면 구석에 앉아 미스 제니(가정 소설, 조셉 티모드 헤르메스의 작품 – 옮긴이)의 기쁨과 슬픔에 푹 빠져서 책을 읽었어요. 그때만큼 즐거웠던 적은 없었어요. 하지만 요즘은 책을 읽을 시간이 거의 없어서 정말로 제 취향에 맞는 책만 읽게 돼요. 저는 제 삶과 비슷한 상황을 표현하는 작가를 가장 좋아해요. 그런 이야기는 흥미롭고 저희 가족의 일상과 닮아 있기 때문이죠. 저희 가정이 낙원은 아니지만 말로 표현할 수 없는 행복을 주는 곳이라 할 수 있지요."

나는 그 말을 듣고 감동받았지만 내색하지 않으려 애를 썼다네. 그녀가 《웨이크필드의 시골 목사》라는 다른 작품에 대해 진심 어린 비평을 할 때나, ○○에 대해 말했을 때(부득이하게 작가의 이름을 삭제하였습니다. 로테가 언급한 작가에 대해 인정하는 이들은 마음 깊이 공감하겠지만, 그렇지 않다면 관심조차 없을 것이기 때문입니다.) 나는 더 이상 참을 수가 없어서 내 생각을 모두 말해 버리고 말았네. 얼마 후 로테가 다른 두 여인에게 말을 붙였을 때, 그때서야 내가 그 여인들의 존재를 잊고 있었고, 그녀들은 계속 놀란 표정으로 침묵하며 앉아 있었다는 것을 알았다네. 사촌 언니는 몇 번이나 나를 쳐다보며 비웃는 듯했지만 나는 그것에 대해 전혀 신경 쓰지 않았네. 우리는 춤을 추는 즐거움에 대해 이야기를 시작했네. 로테가 말했네.

"춤에 너무 깊이 빠지는 것은 잘못이지만, 저는 다른 어떤 것보다 춤이 가장 재미있다고 말할 수 있어요. 머릿속이 복잡하고 마음이 괴로울 때, 조율도 제대로 되어 있지 않아 음도 잘 맞지 않는 제 피아노지만 대무곡對舞曲(17세기 무렵에 영국의 전원田園에서 시작되어 유행한 춤곡 – 옮긴이)을 연주하고 나면 기분이 정말 상쾌해지거든요."

자네는 나를 잘 알겠지만, 내가 얼마나 환상에 젖어 그녀의 까만 눈동자를 계속 쳐다보았는지 모른다네. 내 영혼은 그녀의 따뜻하고 생기 있는 입술과 빛나는 두 볼에 사로잡혀 있었다네. 나는 그녀의 말 한 마디 한 마디에 감명을 받아 얼마나 자주 넋을 잃었는지. 나는 그녀가 하는 말을 제대로 듣지도 못했다네. 요컨대, 내가 마차에서 내렸을 때 나는 마치 꿈속을 헤매는 사람 같았다네. 나는 주위의 황혼 속에서 마치 몽유병자처럼 넋을 잃고 있었기에 불이 켜진 위층의 무도회장에서 들려오던 음악 소리조차 잘 듣지 못할 정도였다네.

두 신사, 아우드란과 또 누군가였는데(굳이 그 이름을 기억할 필요가 있겠나) 그들은 사촌 언니와 로테의 파트너들이었네. 그들은 문 앞까지 우리를 마중 나와 그들의 파트너를 데려갔고 나도 내 파트너를 안내하여 올라갔다네.

우리는 서로 엇갈려서 돌며 미뉴에트를 추기 시작했네. 나는 차례대로 파트너를 바꿔가며 춤을 추었는데 가장 마음에 들지 않는 여성일수록 오래 머물며 떠나지 않았다네. 로테와 그녀의 파트너가 영국식 춤을 추기 시작했고, 차례가 되어 그들이 우리와 함께 했을 때 내가 얼마나 기뻐했는지 자네도 상상할 수 있겠지. 자네가 로테의 춤을 봤어야 했네. 그녀는 온 마음을 다해 춤을 추었네. 그녀의 몸짓은 조화롭고 세련되며 우아했지. 마치 그녀는 춤 외에는 아무것도 모르는 사람처럼 무아지경에 빠져 아무 거리낌 없이 춤을 추었다네. 그 순간만큼은 다른 모든 것들이 그녀의 곁에서 사라져버린 것 같았지.

나는 그녀에게 두 번째에 춤을 추자고 제안했는데, 그녀는 세 번째에 허락해 주었네.

"독일 춤을 출 때에는 파트너를 바꾸지 않는 것이 이곳의 관례랍니다."

그녀는 아주 상냥하고 거리낌 없이 말했다네. 그녀는 왈츠를 정말 좋아하는 것 같았어.

"이전 파트너와 왈츠를 추었지만, 제 파트너는 왈츠에 별로 관심이 없는 듯해요. 그를 더 이상 귀찮게 하지 않는 게 서로에게 좋을 것 같아요. 당신의 파트너도 왈츠를 썩 좋아하지는 않는 것 같네요. 하지만 지켜보니 당신은 왈츠를 정말 잘 추시던데요. 저와 함께 왈츠를 추시려면 제 파트너의 양해를 구하세요. 저도 당신의 파트너에게 부탁해 볼게요."

우리는 서로 동의했고, 나와 로테가 춤을 추는 동안 그녀의 파트너는 내 파트너와 이야기를 나누기로 타협을 했다네.

이윽고 우리는 춤을 추기 시작했네. 한참 동안 여러 가지 형태로 팔의 모양을 바꿔가며 기쁜 마음으로 춤을 추었지. 그녀는 우아하고 가볍게 춤을 추었다네. 드디어 왈츠가 시작되었을 때, 우리는 하늘의 별들처럼 빙글빙글 돌기 시작했네. 그런데 왈츠를 제대로 출 줄 아는 사람들이 별로 없었기 때문에 처음에는 그들이 뒤죽박죽 뒤엉켜 약간 혼란스러웠네. 우리는 현명하게 그들이 지쳐서 그만둘 때까지 기다리고 있었지. 얼마 후 춤에 서툰 그들이 물러나자 우리는 다시 빠르게 춤을 추었고, 아우드란과 그의 파트너 커플과 함께 끝까지 춤을 추었다네. 내 평생 그렇게 경쾌하게 춤을 춰본 적은 없었네. 나는 제정신이 아닌 것 같았네. 사랑스러운 그녀를 내 팔로 감싸 안고, 날아다니듯 그녀와 함께 번개처럼 빠르게 춤을 추었다네. 나는 그녀 외에는 아무것도 보이지 않았어. 빌헬름, 나는 그 순간만큼은 절대로, 사랑하는 그녀가 결코 나이외의 다른 사람과 왈츠를 추지 못하게 하겠다고 맹세했다네. 자네는 이런 나를 이해할 수 있겠지.

우리는 잠시 숨을 돌리기 위해 무도회장을 한두 바퀴 걸은 다음에 로테는 자리에 앉았다네. 남아 있는 것이라고는 내가 한쪽으로 치워두었던 오렌지뿐이었지만 그것들이 갈증을 풀어주었네. 하지만 로테가 오렌지 몇 조각을 그녀 옆자리의 뻔뻔스러운 부인에게 예의상 건넸을 때, 내 심장은 그 한 조각 한 조각이 나눠질 때마다 단검에 찔린 듯 아팠다네.

세 번째 영국 춤을 출 때는 나와 로테가 두 번째 조가 되었네. 순수하고 진실한 그녀의 눈을 얼마나 넋을 잃고 바라보았는지 그것은 오직 신만이 아실 것이네. 우리는 예전에도 몇 번 본 적이 있는, 그다지 젊지는 않지만 꽤 매력이 있는 부인 옆을 지나갔다네. 그녀는 미소를 지으며 로테를 바라보았지. 그녀는 로테에게 주의하라는 듯 손가락을 치켜세우고 의미심장한 목소리로 "알베르트." 라고 두 번이나 반복해서 말했네.

"실례가 안 된다면 한 가지 물어봐도 될까요? 알베르트가 누굽니까?"

나는 로테에게 물었네. 그녀가 대답하려는 찰나, 우리는 8자를 그리는 춤을 추어야 했기에 서로 떨어질 수밖에 없었네. 그녀는 다소 생각에 잠겨 있는 듯했어.

"제가 왜 그것을 당신께 숨기겠어요."

그녀가 손을 내밀며 말했네.

"알베르트는 좋은 사람이에요. 저의 약혼자예요."

이 말은 전혀 새로울 것이 없는 이야기였지만(무도회장으로 오는 길에 이미 숙녀분들에게 들었던 이야기네.) 이 짧은 시간에 나에게 정말로 소중한 존재가 되어버린 그녀 때문에, 그것은 도저히 그녀와 연관시킬 수 없는 새로운 이야기로 들렸다네. 나는 너무 혼란스러운 나머지 춤을 추다가 다른 조에 잘못 끼어들고 말았다네. 그래서 모두 엉망이 되었지만 로테가 차분하게 나를 다시 제자리로 이끌어주어서 잘 정리가 되었지.

무도회가 아직 끝나지 않았는데 지평선 부근에서 이미 여러 차례 번개가 쳤다네. 나는 기온이 내려가서 그런 거라고 둘러댔지. 하지만 천둥 때문에 음악 소리조차 들리지 않았네. 즐거운 와중에 이런 불안감으로 놀라게 되면 여느 때보다도 깊은 인상이 남게 되는 법이지. 본래 이런 대조적인 감정은 우리를 더 예민하게 만들어서 이런 상황을 더 쉽게 받아들이도록 하는 것이니까.

또 한 가지 보다 중요한 이유는, 우리의 감정은 더 인상 깊은 것을 쉽게 받아들이기 때문에 강렬한 자극은 더 강하게 다가오는 법이지. 이러한 이유로 몇몇 여자들은 인상을 찌푸렸다네. 어떤 여자는 창문을 등지고 구석에 앉아 귀를 막고 있었고, 그녀 앞에 앉은 또 다른 여자는 얼굴을 무릎에 파묻고 있었다네. 또 다른 여자는 그녀들 사이에서 그녀들을 껴안고 울고 있더군. 집으로 돌아가자는 이들도 있었고, 정신이 없는 혼란스러운 상황을 틈 타 여자들에게 키스하려는 남자들도 있었네. 몇몇의 신사들은 담배를 피우러 아래층으로 내려갔고, 나머지 사람들은 그 집 안주인이 덧문과 커튼이 쳐 있는 방으로 안내하겠다고 하자 모두들 흔쾌히 받아들였다네. 그곳으로 들어서자 이번에는 로테가 의자를 원형으로 배치하고 사람들을 앉히더니 게임을 하자고 제안했지. 그러자 모두 찬성하며 각자 자리를 차지하고 앉았다네. 그중에는 자신의 입술을 쭉 내밀며 '키스'라는 기분 좋은 벌칙을 은근히 기대하는 사람들도 많았다네.

"숫자 세기 게임을 시작할게요."

로테가 말했네.

"자, 집중해 주세요. 제가 오른쪽에서 왼쪽으로 한 바퀴 돌면 각자 자신의 숫자를 세는 거예요, 차례대로. 숫자를 빠르게 세고 다음 숫자를 옆 사람에게 넘기는 게임이에요. 숫자 세기를 멈추거나 실수를 하면 벌칙으로 뺨을 맞는 거예요. 자, 그럼 천까지 세어볼게요."

정말로 흥미로운 모습이었어. 그녀는 팔을 올리고서 돌기 시작했네. "하나."하고 첫 번째 사람이 외쳤고, 두 번째 사람이 "둘." 세 번째 사람이 "셋."이라고 외치며 게임은 계속되었다네. 로테는 점점 더 빠르게 돌았어. 그러다 한 사람이 실수를 하자 즉시 뺨을 때렸고, 모두들 웃는 바람에 다음 사람이 또 실수를 해서 뺨을 맞았다네. 속도는 점점 더 빨라졌고 나는 두 번이나 틀렸다네. 그녀가 다른 이들보다 내 뺨을 더 세게 때리는 것 같아서 은근히 기분이 좋았지. 웃고 떠들며 시끌벅적한 사이에 천까지 세기도 전에 게임은 끝나버렸네. 그 사이 비는 그쳤고 모두들 짝을 이루어 무도회장을 떠났지. 나는 로테를 따라 다시 무도회장으로 갔다네. 그곳으로 가는 도중에 로테가 말했어.

"게임하느라 정신이 없어서 소나기 따위는 모두 잊어버린 듯했어요."

나는 딱히 할 말이 없어서 침묵하고 있었지.

"저는."

로테가 말을 계속 이었다네.

"누구보다 겁이 많아요. 하지만 겉으로 대담한 척하며 다른 사람들에게 용기를 북돋워주려고 하다 보니 저도 모르게 정말 용기가 생겼어요."

우리는 창가로 갔다네. 아직도 저 멀리서 천둥이 치고 부슬비가 내리며 대지를 적시고 있었네. 달콤한 향기가 공기 속에서 우리를 에워싸고 있었어. 로테는 팔꿈치를 창가에 기대고 먼 곳을 바라보고 있었지. 그녀는 하늘을 바라보다가 나에게로 시선을 돌렸네. 그녀의 눈가는 촉촉하게 젖어 있었지.

그녀는 내 손 위에 자신의 손을 얹고 "클롭슈토크.(독일의 시인-옮긴이)"라고 말했네. 그때 나는 그녀가 생각하고 있을 그 장엄한 송가頌歌를 생각했다네. 나는 감정의 무게를 견디지 못하고 결국 그 속으로 가라앉고 말았지.

나는 정말 견딜 수 없었어. 나는 몸을 굽혀 그녀의 손등에 입을 맞추며 기쁨의 눈물을 흘렸네. 그리고 그녀의 눈을 다시 한 번 바라보았지.

신성한 시인이시여, 이 눈 속에 담긴 당신을 향한 존경심을 보여드리고 싶습니다. 나는 이제 로테 이외의 다른 사람들의 입에 당신의 이름이 오르내리며 더럽혀지는 것을 원치 않습니다!

6월 19일

지난번 나의 이야기가 어디서 중단되었는지 기억나지 않는다네. 다만 기억나는 것은 내가 잠든 시간이 새벽 두 시라는 것뿐이네. 자네가 나와 함께 있었다면 아마도 이 글을 쓰는 대신 날이 밝을 때까지 이야기를 나누었을 거야.

무도회장에서 집으로 올 때까지 있었던 일은 아직 말하지 못했는데, 지금은 말할 때가 아닌 것 같네.

그날 우린 정말 멋진 일출을 보았네. 주변은 온통 이슬방울이 맺혀 마을 전체가 상쾌해졌다네. 동행한 사람들은 모두 잠들어 있었고, 로테는 나에게 자신을 신경 쓰지 말고 잠깐이라도 눈을 붙이라고 권했다네.

"당신이 깨어 있는 한 나 역시 졸리지 않아요."

나는 그녀의 눈을 바라보며 말했네.

우리는 그녀의 집 앞에 도착할 때까지 잠들지 않고 있었네. 곧이어 하녀가 문을 열었고, 로테의 질문에 그녀는 아버지와 아이들은 잘 있으며 아직 자고 있다고 대답했네. 나는 로테에게 다음에 한 번 더 방문하겠다고 말했고 그녀는 동의했다네. 그리고 나는 집으로 돌아왔네. 그 후로 태양과 달 그리고 별들은 여전히 궤도 안에서 돌고 있지만, 나는 밤과 낮을 분간할 수 없었네. 내 주위의 모든 세계가 사라진 것 같다네.

6월 21일

내 생활은 마치 신의 선택을 받은 듯 하루하루 행복하다네. 앞으로의 내 운명이 어떻게 되는지 알 수는 없지만, 그렇다고 내가 지금까지 인생의 가장 순수한 기쁨을 맛보지 않았다고는 말할 수 없을 걸세. 빌헬름, 자네도 알겠지만 난 그곳에 완전히 정착했다네. 그곳은 로테의 집에서 불과 반 시간 정도밖에 떨어지지 않은 곳이네. 그리고 난 그곳에서 인간이 누릴 수 있는 모든 즐거움을 맛보고 있다네.

발하임을 내 산책로로 정했을 때, 나는 그곳에서 천국이 그렇게 가까울 거라고는 생각하지 못했다네. 내 마음의 모든 기쁨이 함께 있는 그 수렵 별장을 언덕에서, 그리고 강 건너 풀밭에서 얼마나 자주 바라보았는지 모른다네.

빌헬름, 나는 종종 방황하고 새로운 것을 추구하는 인간의 열정에 대해 깊이 생각해 보았네. 결국 인간은 습관에 따를 수밖에 없고, 방황한다 해도 한정된 틀 안에서 벗어나지는 못하며, 자신의 좁은 궤도로 돌아갈 수밖에 없는 은밀한 충동을 갖고 있는 존재라네.

정말 이상한 일이지만 내가 처음 이곳에 와서 언덕 위에서 골짜기를 내려다보았을 때, 나는 내 주변을 둘러싼 모든 풍경에 매료되었다네. 저기 맞은편에 있는 작은 숲의 그늘 아래에 앉아 쉴 수 있다는 것은 얼마나 큰 즐거움인지! 저 산봉우리에서 내려다보는 풍경은 얼마나 좋은지! 서로 이어진 언덕들과 그 아래에 있는 골짜기는 얼마나 아름다운지! 나는 그것들을 보고 있노라면 넋을 잃고 방황하게 된다네. 하지만 나는 그곳에서 내가 진정으로 원하는 것은 얻지 못하고 돌아오게 된다네.

멀리 떨어진 곳은 미래와 다름없는 것이네. 희미한 세계가 우리의 영혼 앞에 펼쳐져 있는 것이지. 우리의 시각만큼 우리의 정신도 흐릿해진다네. 우리는 자신의 모든 것을 던져버리고, 오로지 단 하나의 멋지고 아름다운 감동의 기쁨을 맛보기 위해 그것을 끝없이 동경하고 애쓰고 있지. 아아! 하지만 멀리 있는 '그곳'이 '이곳'으로 가까이 왔을 때, 모든 것들은 변하게 되지. 결국 우리는 예전과 같아지게 되며 여전히 가난할 뿐이라네. 그래서 우리의 영혼은 얻지 못한 행복을 찾아 헤매며 허덕이는 것이지.

그래서 쉴 새 없이 헤매던 방랑자도 결국 고향을 그리워하게 되는 것이네. 그가 살던 오두막과 아내의 품에서, 그리고 아이들에 대한 사랑을 통해서, 또한 그들을 지키기 위해 일을 하면서 그것을 통해 행복을 느끼게 된다네. 그 행복은 넓은 세계를 통해서도 결코 찾을 수 없었던 것이지.

아침 해가 뜨면, 나는 발하임으로 간다네. 그곳 주점의 밭에서 내 손으로 직접 완두콩을 따서 저녁 식사를 준비하지. 자리에 앉아 콩 껍질을 벗기며 호메로스의 책을 읽는다네. 그리고 부엌에서 팬을 꺼내 그 안에 버터와 완두콩을 넣은 다음, 뚜껑을 덮고 불 위에 얹어서 섞는다네. 그런 다음 앉아서 가끔씩 휘저어준다네. 그럴 때 나는 페넬로페의 구혼자들이 소와 돼지를 잡아서 그것을 요리하던 모습을 상상하게 된다네. 족장 시대의 생활만큼 내 마음을 순수하고 진정한 행복으로 채워주는 것은 없다네. 이제 나는 그것을 내 삶의 일부로 끼워 넣을 수 있을 것 같은 생각이 드네.

나는 진정으로 행복하다네. 인간의 소박하고도 순수한 기쁨을 느낄 수 있으니 말일세. 마치 농부가 자신이 직접 기른 채소들을 식탁 위에 차리고 맛있게 그 음식을 즐길 뿐만 아니라 그것들을 가꾸던 화창한 아침, 그것에 물을 주던 편안한 저녁 그리고 매일 그것들이 자라는 것을 지켜보며 기쁨을 느꼈던 행복한 나날들을 떠올리는 것처럼 말일세.

6월 29일

　그저께 이 마을의 의사가 법무관 댁에 다녀갔네. 그때 그가 로테의 아이들과 거실에서 놀고 있는 나를 보았지. 나를 올라타는 아이들도 있었고 놀리는 아이도 있었지. 나는 그들에게 간지럼을 태우기도 하면서 모두 함께 어울려 떠들썩하게 놀고 있었다네.

　그 의사는 체면을 중시하는 듯했네. 그는 나와 대화를 나누는 동안 옷소매의 주름을 펴기도 하고, 옷깃의 장식을 조끼 단추 사이로 잡아당기기도 했지. 그는 나를 분별 있고 위엄 있는 사람은 아니라고 생각하는 듯했네. 그의 표정에서 알아챌 수 있었지. 하지만 나는 개의치 않았어. 나는 현명한 척하는 그를 그냥 내버려두고, 아이들이 허물어뜨린 카드의 집을 다시 세우려고 했다네. 얼마 후에 그는 마을을 돌아다니며, 법무관의 아이들이 예전에도 엉망이었지만 베르테르 때문에 지금은 더 심해졌다는 소문을 퍼뜨렸더군.

　그렇다네, 빌헬름, 이 세상에 아이들만큼 내 마음에 와 닿는 존재는 없다네. 그들의 행동을 보고 있으면 사소한 것에서도 언젠가는 그들에게 꼭 필요한 미덕과 힘이 싹 트는 것을 볼 수 있다네. 그리고 그들의 고집을 통해 미래의 확고하고도 지속적인 성격을 볼 수 있고, 그들의 변덕스러운 마음에서도 위험과 고난을 극복할 수 있는 경쾌한 기질을 엿볼 수 있다네. 그들의 본성은 소박하고 순수하기 때문에 나는 그들을 통해 인류의 위대한 스승 예수 그리스도의 금언을 되새겨보게 된다네.

"만일 네가 어린아이들처럼 되지 못한다면!"

하지만 친구여, 우리는 우리와 동등한 아이들을, 오히려 우리가 본보기로 삼아야 할 아이들을 우리의 아랫사람으로 다루고 있지 않은가. 아이들은 의지를 가져서는 안 된다는 식으로 말일세. 그렇다면 우리에게도 의지가 없는 것인가? 우리의 그러한 특권은 어디서 나오는 것인가? 위대한 신이시여! 하늘에서 내려다보시면 당신의 눈에는 그저 나이가 많은 아이와 적은 아이가 보일 뿐이고, 그 밖의 차이는 없을 것입니다. 그리고 어느 쪽이 당신께 더 큰 기쁨을 주는지 당신의 아드님이 이미 오래전에 알려주셨습니다. 하지만 사람들은 그분을 믿고 있지만 그의 말을 듣지 않고—이 또한 오래된 습관이지만—그들의 아이들을 자신의 방식대로 길들이고 있다네.

그러면 빌헬름, 잘 지내게! 나는 더 이상 이런 허무맹랑한 말들을 늘어놓기 싫다네!

7월 1일

환자에게 로테의 존재가 얼마나 큰 위안이 되는지 나는 마음으로 느낄 수 있다네. 내 마음은 병상에서 투병하는 여느 환자들보다 괴롭기 때문이지. 로테는 며칠 동안 시내의 어느 괜찮은 부인 댁에서 지낼 것 같네. 의사의 말에 따르면, 그 부인은 살 날이 얼마 남지 않았고 그녀가 자신의 마지막 순간에 로테가 함께 있어주길 바란다더군. 나는 지난주에 로테와 함께 마을에서 한 시간 정도 떨어진 산골 마을에 있는 성聖 ○○ 목사의 집을 방문했다네. 우리는 네 시쯤 도착했네. 로테는 그녀의 둘째 여동생을 데리고 갔다네. 목사관의 마당에 들어서니, 문 앞에 인상 좋은 노老 목사가 앉아 있었고, 큰 호두나무 두 그루가 그늘을 드리우고 있었다네. 로테를 보자마자 그의 얼굴에는 생기가 돌았고, 지팡이를 짚는 것도 잊은 채 일어나서 그녀에게 다가왔다네. 그녀는 달려가 그를 다시 자리에 앉히고 그의 옆에 앉은 다음 그녀 아버지의 간곡하신 안부를 전했다네. 그러고 나서 그녀는 지저분하고 더러워 보이는 그의 늦둥이 막내에게 키스를 해주었지. 그녀가 그 목사를 얼마나 정성으로 보살피는지를 자네도 보았어야 하는데. 그녀는 귀가 잘 안 들리는 그를 위해 목소리를 높여서, 건강한 사람들이 갑자기 세상을 떠났다는 이야기를 해주었네. 또 그녀가 칼스바트 온천의 장점에 대해 이야기하자, 그는 여름에 칼스바트에 다녀온다는 이야기를 했고, 그녀는 그것에 대해 칭찬을 아끼지 않았다네. 그리고 지난번 방문했을 때보다 훨씬 더 건강이 좋아 보인다는 말도 덧붙였네. 그러는 동안 나는 그의 부인에게 인사를 했네. 노 목사는 활기를 되찾은 듯했고, 나는 이렇게 멋진 그늘을 드리우는 호두나무가 아름답다며 감탄하고 있었지. 그는 다소 힘들어 보였지만 우리에게 나무에 관한 이야기를 들려주었네.

"아주 오래된 나무는."

그가 말했지.

"누가 그것을 심었는지는 모른다네. 어떤 이는 이곳의 목사가, 또 어떤 이는 저곳의 목사가 심었다고도 하니까. 하지만 확실한 것은 저 뒤쪽에 있는 어린 나무는 10월이 되면 쉰 살이 되고 내 아내와 동갑이라는 것이네. 장인어른께서 그 나무를 아침에 심었는데, 저녁 무렵에 아내가 태어났다는 거야. 장인어른은 내 선임 목사셨는데 저 나무를 얼마나 아끼셨는지 모르네. 나 또한 그렇다네. 27년 전, 내가 가난한 대학생이었을 때 이 정원에 처음으로 발을 내디뎠는데, 그때 내 아내는 이 나무 밑에 놓인 목재 위에 앉아서 뜨개질을 하고 있었지."

그러고 나서 로테가 그녀의 딸에 대해 물었네. 그녀는 슈미트 씨와 함께 일꾼들이 있는 목장에 갔다고 하더군. 목사는 이야기를 계속 이어갔다네. 그의 아내가 그랬듯 그의 전임 목사도 자신을 아껴주었고, 부목사를 거쳐 그의 후계자가 되었다고 말이야. 그가 이야기를 거의 끝마쳤을 때쯤, 그의 딸이 좀 전에 언급한 슈미트란 사람과 함께 돌아왔다네. 그녀는 반갑게 로테를 맞이해 주었는데, 정말 매력적인 아가씨라고 말할 수 있다네. 그녀는 흑갈색 머리의 생기가 넘치는 여인이었고, 이 시골에서 짧은 시간 동안 유쾌하게 대화를 나눌 수 있는 사람인 듯했어. 그녀의 애인(슈미트의 행동에서 확실히 알 수 있었네.)은 예의 바르고 조용한 성격이었는데, 로테가 그를 우리의 대화에 끌어들이려고 애를 썼음에도 불구하고 어울리려고 하지 않았다네. 그의 표정으로 미루어 짐작하건데 그가 그러했던 이유는 지성이 부족해서라기보다는 그의 고집스럽고 유쾌하지 못한 성격 때문인 것처럼 느껴져서 나는 그를 지켜보며 화가 났다네. 이 사실은 시간이 지나면서 더 확실해졌다네. 산책을 나갈 때 프리데리카는 로테와 함께 걷기도 하고 나와 함께 걷기도 했는데, 그럴 때면 원래도 갈색 빛인 그 신사의 얼굴이 더 어두워지고 화난 것처럼 보였지. 그래서 로테는 일부러 내 팔을 끌어당기면서 프리데리카와 너무 많은 이야기를 하지 말라고 했다네. 서로를 괴롭히는 것보다 더 괴로운 일은 없다네. 특히 모든 계절이 기쁨으로 다가오는 꽃다운 나이에, 그들은 다투고 언쟁하느라 빛나는 좋은 시절을 낭비하고 있어. 그리고 자신의 잘못을 바로잡아야 한다고 깨달았을 때는 이미 늦었다는 걸 알게 되지. 이런 생각들이 내 마음을 어지럽게 했다네.

우리는 저녁에 목사관에 돌아와 식탁에 둘러앉아 우유를 마시며, 세상의 기쁨과 슬픔에 대해 대화를 나누었다네. 나는 불쾌한 우울함에 관한 이야기를 서슴지 않고 늘어놓았네.

"우리는 늘 불만을 늘어놓죠. 행복한 날은 적고 불행한 날은 많다는 이유로 말입니다. 하지만 우리의 마음은 항상 하늘이 내려주시는 은혜를 받을 준비가 되어 있기 때문에, 불행이 닥쳐와도 그것을 이겨낼 힘을 얻게 될 겁니다."

그러자 목사의 부인이 말했네.

"하지만 우리가 항상 자신의 마음을 조절할 순 없어요. 대부분은 몸 상태에 달려 있으니까요. 몸이 안 좋을 때는 마음도 결코 편할 수가 없죠."

나는 이어서 말했네.

"저도 그 말씀에 동의합니다. 하지만 우리는 그러한 것을 병이라 여기고 치료 방법을 찾아야 합니다."

"저도 그렇게 생각해요."

로테가 말했네.

"많은 것들이 마음먹기에 달려 있는 것 같아요. 제 경우에도 그렇거든요. 마음이 괴로울 때면 저는 정원으로 달려가 대무곡을 흥얼거린답니다. 그러면 기분이 한결 나아지거든요."

"제 말이 바로 그것입니다."

내가 대답했네.

"우울함은 게으름과 비슷합니다. 우리는 본래 그러한 기질을 갖고 있어요. 하지만 우리가 스스로를 찾으려는 용기를 낸다면 일은 쉽게 해결될 것이고, 진정한 기쁨의 활력을 맛볼 수 있을 겁니다."

프리데리카는 매우 집중해서 듣고 있었다네. 슈미트라는 그 청년은, 우리가 스스로를 통제하기 어렵고 감정 조절은 더욱 어려운 일이라며 이의를 제기했다네. 나는 이렇게 대답했네.

"문제는 불쾌한 감정이며, 그것은 모두가 피하고 싶어 하는 것이죠. 하지만 시도해 보지 않고는 누구도 자신의 힘을 알 수 없어요. 병이 나면 사람들은 건강을 되찾기 위해서 의사와 상담하고, 가장 효과적인 치료법을 찾아다니며 아무리 먹기 힘든 약이라도 먹게 될 겁니다."

나는 우리의 말에 귀 기울이고 있는 노 목사를 보면서, 그가 우리의 대화에 끼고 싶어 하는 것을 알았다네. 그래서 난 목소리를 크게 높이고 그를 향해 말했네.

"죄를 짓지 말라는 설교는 많이 들어왔습니다. 하지만 불쾌한 우울증에 관한 설교는 아직까지 들어본 적이 없네요."

"그것에 대해선 아마 도시의 목사가 잘 알 거요."

그가 말했네.

"시골 사람들은 우울할 일이 없지. 하지만 어쩌면 이따금씩 법무관이나 목사의 아내는 그럴 수도 있을 것 같군요."

우리는 모두 웃음을 터뜨렸고, 그러는 동안 그가 기침을 했기 때문에 대화는 잠시 중단되었네. 슈미트가 그것에 대해 다시 이야기를 꺼냈네.

"당신은 우울함을 죄악이라고 하셨는데, 그건 너무 지나친 표현 같네요."

"전혀 그렇지 않습니다."

내가 대답했네.

"자기 자신과 이웃에게 피해를 주는 행동은 죄악이라 부르는 것이 마땅합니다. 우리가 서로를 행복하게 해주지 못하는 것으로도 충분한데, 우리 자신이 갖고 있는 각자의 행복마저 빼앗아가야 합니까? 자신의 우울함을 숨기며, 주변 사람의 평화를 깨뜨리지 않고 그 무거운 짐을 홀로 견디고 있는 용기 있는 사람이 있으면 알려주십시오. 아무도 없을 겁니다. 우울함은 스스로가 부족하다고 느껴서 생기는 내적인 불쾌감이며, 타인과 비교했을 때 불만족스러운, 어리석은 허영심에서 비롯된 질투심 아니겠습니까? 우리는 다른 사람들을 행복하게 해주지는 못하면서 다른 사람들이 행복해하는 모습을 보는 것조차 견디지 못하는 것입니다."

로테는 미소를 띠며 나를 바라보며, 내 의견에 대한 감상을 이야기했다네. 그리고 프리데리카의 눈에 고인 눈물이 내가 좀 더 많은 이야기를 할 수 있도록 나를 자극했다네.

"자신의 힘을 인간의 본성에서 나오는 소박한 기쁨마저 파괴하려는데 사용하는 자들을 보면 애석할 따름입니다. 그 어떤 호의나 물질로도 잔인한 폭군이 파괴해 버린 행복을 보상할 수는 없습니다.”

내 마음은 벅차오르기 시작했네. 그러면서 내가 겪었던 많은 일들이 스쳐 지나갔고, 내 눈엔 어느새 눈물이 가득 고였다네.

“우리는 매일 이렇게라도 반복해야 합니다.”

내가 외쳤다네.

“우리는 그들 스스로가 가진 기쁨을 누릴 수 있도록 그들을 방해해서는 안 되며, 그 행복을 공유함으로써 행복을 키워 나가야 합니다. 하지만 격렬한 열정으로 그들의 마음이 괴롭거나 슬픔에 빠져 있을 때, 당신은 그들에게 작은 위로라도 되어줄 수 있습니까? 죽음을 목전에 둔 아가씨가 지치고 수척해져 병상에 누워 있고, 그녀의 흐릿한 눈은 하늘을 쳐다보고 있으며, 죽음을 앞둔 그녀의 이마에서 식은땀이 흐르고, 당신은 저주받은 사람처럼 그녀 옆에 서 있으며, 당신이 전력을 다해도 결코 그녀를 살릴 수 없다는 것을 절감하고 있다고 가정해 봅시다. 그녀에게 순간적으로 기력을 불어넣어줄 수 있다거나 위안을 줄 수 있다면, 무엇이든 하겠다는 당신의 생각과 모든 노력은 무용지물이 될 것입니다.”

이러한 말들을 꺼내고 나니, 언젠가 내가 겪었던 비슷한 일들이 떠올랐다네. 그것은 나에게 강한 자극으로 다가왔네. 나는 손수건을 얼굴에 대고 방에서 나왔네. 집으로 돌아가자는 로테의 목소리를 듣고 나서야 정신이 들었지. 돌아오는 길에 그녀는 내게, 모든 일에 너무 열성적이라며, 그러다 몸을 망칠 수 있다고 질책했다네. 스스로 몸을 잘 돌봐야 한다고 말이야. 오, 나의 천사! 당신을 위해 기꺼이 그렇게 하겠소.

7월 6일

　로테는 여전히 임종을 앞둔 그녀와 함께 있다네. 로테는 언제나 밝고 아름다우며, 그녀의 존재만으로도 모든 고통이 덜어지고, 그녀가 눈길을 주는 곳은 어느 곳이든 행복해진다네. 어제 오후에 그녀는 여동생인 마리안네와 어린 말헨까지 데리고 산책을 나갔는데 나는 그 사실을 미리 알고 있었기에 도중에 만나 동행하게 되었다네. 한 시간 반 정도 후에 우리는 다시 마을로 돌아와서 그 샘물가로 갔다네. 그곳은 본래 내게 값진 곳이었지만 지금은 예전보다 천 배나 더 값진 곳이 되었지. 로테는 낮은 담에 걸터앉았고, 우리는 그녀 주위에 모여 있었네. 나는 사방을 둘러보며 마음이 외로웠던 시절을 떠올렸다네.
　"사랑하는 샘물이여!"
　나는 말했네.
　"그때 이후로 나는 상쾌한 샘물가 옆을 지나면서도 편히 쉬지 못했다네. 나는 늘 그곳을 빠르게 지나쳐 갔고, 눈길조차 주지 못했던 적도 있었지."

아래를 내려다보니 말헨이 컵에다 물을 담아서 급히 올라오는 것이 보였네. 나는 로테를 바라보았고, 바로 그 짧은 순간에 그녀가 내게 얼마나 소중한 존재인지를 절실히 느낄 수 있었다네. 그러는 동안에 말헨이 물이 담긴 컵을 들고 다가왔네. 마리안네가 옆에서 컵을 빼앗으려고 하자 말헨이 소리쳤다네.

"안 돼요!"

그리고 말헨은 귀엽고 사랑스러운 표정으로 말했지.

"싫어, 로테 언니가 먼저 마셔야 해요."

그렇게 소리치는 말헨의 사랑스럽고 순수한 모습과 착한 마음씨에 내가 황홀해졌다네. 나는 내 감정을 표현하기 위해 아이를 붙잡고 마음을 다해 키스를 했지. 그러자 그 아이는 갑자기 울기 시작했네.

"당신이 실수하신 거예요.(독일의 동화에는 여자아이가 남자에게 입맞춤을 받으면 수염이 난다는 이야기가 있다.-옮긴이)"

로테가 말했네. 나는 무척 당황했지.

"자, 이리 와, 말헨."

그녀가 여동생의 손을 잡고 돌계단을 내려갔다네.

"깨끗한 물에 빨리 씻으면 아무 문제 될 게 없단다."

나는 우두커니 서서 그들을 지켜보았네. 젖은 손으로 뺨을 문지르는 그 아이를 보았을 때, 나의 지저분한 수염에서 오염된 불순한 것들이 모두 씻겨나가는 것 같은 믿음이 생겨났지. 그리고 그 아이는 조금 씻는 것보다 많이 씻는 게 훨씬 낫다고 생각하는 것처럼 여전히 온 힘을 다해 씻고 있었다네.

자네니까 말하는 거지만, 나는 세례식에서도 이토록 경건한 마음을 가져본 적이 없다네. 로테가 샘물가에서 돌아왔을 때, 나는 그녀 앞에 엎드려 동방의 예언자 앞에 속죄하듯 절이라도 하고 싶었다네.

마음에 차오르는 기쁨을 참을 수 없었던 나는 그날 저녁에 이 이야기를 어떤 남자에게 말하지 않을 수 없었네. 그는 분별력과 지각을 갖춘 사람이라 인간미가 있으리라 생각했는데 하지만 그건 내 착각이었어.

"그건 로테가 잘못한 것이야! 우리는 아이들에게 거짓을 믿게 하거나 허튼소리를 진짜인 것처럼 가르쳐서는 안 되네. 그러한 것들은 수많은 오류와 미신을 낳게 하는 원인이 되므로, 우리는 아이들이 그렇게 되지 않도록 어렸을 때부터 보호해야만 해."
라고 말이야. 나는 이 남자가 불과 일주일 전에 세례를 받은 것이 생각나서 더 이상 아무 말도 하지 않았네. 하지만 내 믿음은 변함이 없다네. 즉 우리는 신이 우리를 대하듯 아이들을 대해야 하며, 신은 우리가 꿈속을 헤매듯 공상의 나래를 펼 때 우리를 가장 행복하게 해주신다는 말씀이라네.

인간이란 어쩌면 이리도 어린애 같은지. 단 한 번이라도 바라봐 주길 애타게 원하니 말이야. 정말 어린애 같다니깐! 우리는 숙녀들과 마차를 타고 발하임에 다녀왔네. 산책하는 동안 나는 생각했다네. 로테의 검은 눈동자를 들여다보고 있으면, 나는 어리석은 바보가 된다는 것을 말이야. 이런 말을 하는 나를 용서해 주게. 자네가 로테의 그 눈을 보았어야 했는데. 하지만 간단히 말하자면 (사실 나는 지금 너무 졸려서 눈이 감기고 있다네.) 숙녀분들이 마차에 올라탔고, 청년 W와 젤슈타트와 아우드란 그리고 나는 마차를 둘러싸고 서 있었네. 그들은 아주 유쾌한 친구들이며, 우리는 함께 농담을 하며 웃고 즐겼다네. 그러다 나는 로테의 눈을 바라보았지. 그녀의 시선은 여기저기로 움직였지만 나에게만은, 다른 사람이 아닌 바로 내게는 눈길 한 번 주지 않았다네. 그녀 외엔 아무것도 보이지 않던 나에게 말일세! 그래서 할 수 없이 나는 그 눈길을 단념하고 홀로 시름에 잠겨 있었다네. 나는 마음속으로 그녀에게 수천 번이나 작별 인사를 고했지만, 끝내 그녀는 내게 눈길을 주지 않았지. 드디어 마차가 떠나고 내 눈엔 눈물이 가득 고였네. 결국 나는 떠나는 그녀의 뒷모습만 지켜보고 있었는데, 로테의 머리에 꽂힌 장식이 창밖으로 보이더니 갑자기 그녀가 뒤를 돌아봤다네. 혹시 나를 보기 위해서였을까? 사랑하는 친구여, 나는 그 점을 확신하지는 못하지만 내 마음은 이미 기쁨에 들떴네. 그녀는 아마도 나를 보기 위해서 그랬던 것이겠지. 아마도! 이런 그녀의 행동에도 나는 위안을 받는다네. 그럼 잘 자게, 나는 어쩌면 이리도 어린애 같을까.

7월 10일

사람들이 모인 자리에서 그녀의 이름이 언급될 때면, 내가 얼마나 바보가 되는지 자네도 봤어야 하는데. 특히 어떤 사람으로부터 그녀가 마음에 드느냐는 질문을 받기라도 한다면, 나는 그 마음에 든다는 말이 너무도 싫다네. 모두들 로테를 좋아하면서 그녀를 향해 온 마음과 감각을 빼앗겨버리지 않을 사람이 있을까. 그녀를 좋아한단 말일세! 누군가는 내게 오시안이 마음에 드느냐고 묻더군.

7월 11일

M 부인의 병세는 더욱 악화되었네. 나는 그녀가 회복되기를 바란다네. 왜냐하면 나는 로테와 고통을 함께 나누고 있으니 말이야. 나는 가끔 로테를 그 집에서 만나게 되는데, 오늘 로테는 내게

새로운 이야기를 해주었네. 그 부인의 남편인 M 노인이 욕심이 많고 인색할 뿐만 아니라 성격마저 거친 수전노라는 이야기였지. 그로 인해 그의 가엾은 부인은 오랫동안 궁핍한 생활과 남편의 괴롭힘에 시달려왔다네. 하지만 그녀는 인내심을 갖고 살았지. 며칠 전에 의사가 그녀에게 더 이상 가망이 없다고 알려주었을 때, 그녀는 남편을 병상으로 불러(로테도 거기 있었다고 하네.) 그에게 이런 이야기를 했다고 하더군.

"몇 가지 고백할 게 있어요. 내가 떠난 후에 생길지도 모를 문제와 혼란에 대비하기 위해서예요. 나는 경제적으로 최대한 검소하게 집안 살림을 꾸려왔어요. 하지만 용서하세요. 지난 30년 동안 당신을 속여 온 것을요. 우리의 결혼 생활이 시작됐을 무렵, 당신은 내게 적은 돈을 주며 집안 살림을 꾸리라고 하셨죠. 장사가 잘되고 살림도 점점 나아졌는데도, 당신은 내게 매주 주었던 돈을 올려주지 않았어요. 요컨대, 당신도 아시겠지만 살림하는 데는 훨씬 더 많은 돈이 필요했어요. 하지만 당신은 매주 7구르텐밖에 주지 않았죠. 그래서 저는 모자라는 돈을 매주 판매 대금 중에서 충당했어요. 하지만 부족한 돈만큼만 꺼냈어요. 누구도 한 집안의 주부가 자기 집 금고에서 돈을 훔쳤을 것이라고는 의심하지 못했겠죠. 그렇지만 저는 조금도 낭비하지 않았고, 굳이 이렇게 고백하지 않아도 된다고 생각하지만, 내가 떠난 후 이 집안 살림을 맡을 사람이 당황할 것을 대비하기 위해서예요. 더군다나 당신은 틀

림없이 내 전 부인은 이 돈으로도 충분히 살림을 꾸렸다고 고집을 부리실 것 같아 이렇게 말씀드리는 겁니다."

나는 인간의 판단력이 때론 믿을 수 없을 만큼 흐려지는 것에 대한 이야기를 로테와 나누었네. 7구르텐의 돈으로는 살림을 꾸려나갈 수 없다는 걸 누구든 의심하지 않을 수 없을 텐데, 적어도 그 두 배는 필요하다는 것을 말이야. 하지만 나는 알게 되었네. 눈에 보이지 않지만 자신의 집에 영원히 마르지 않는 예언자의 기름 항아리(《구약성서》〈열왕기〉제17장 참조-옮긴이)가 있다고 믿는 사람들이 있다는 것을 말일세.

7월 13일

아닐세. 나는 스스로를 기만하고 있는 게 아닐세. 그녀의 검은 눈동자에서 나는 내 자신의 운명과 나에 대한 그녀의 관심을 읽어낼 수 있다네. 그렇다네, 나는 느끼고 있어. 내 마음의 소리를 나는 믿고 있다네. 그것을 말해도 될까? 그 신성한 말을 감히 꺼내도 될 것인가. 그녀는 나를 사랑하고 있다네! 그녀는 나를 사랑한다네! 자네는 이런 나의 감정을 이해해 줄 거라 믿고 말하겠네. 그녀가 나를 사랑하게 된 이후로 나는 내 자신이 얼마나 자랑스러운지 모른다네. 이것은 나만의 착각일까, 아니면 진실일까? 로테의 마음속에 내가 있을 때 나는 그 무엇도 두렵지 않다네. 하지만 그녀가 그토록 따뜻하고 애정 어린 마음으로 그녀의 약혼자에 대해 이야기할 때면, 나는 명예와 지위를 박탈당하고 칼마저 빼앗긴 장수가 되어버린 기분이라네.

7월 16일

우연이라도 내 손이 그녀의 손가락에 닿거나, 테이블 아래에서 서로의 발이 부딪치기라도 할 때면 내 심장은 얼마나 요동치는지! 마치 불에 닿은 듯 내 몸은 움츠러들지만 신비로운 힘에 의해 다시 제자리를 찾게 되고, 내 감각은 어지러워진다네. 그녀의 순수한 마음은 이런 내 마음을 전혀 의식하지 못하고, 사소한 친근감의 표현조차도 얼마나 내게 자극을 주는지 결코 알지 못한다네. 때때로 우리가 이야기를 나눌 때 그녀의 손이 내 손 위에 포개지거나, 그녀가 열정적으로 대화를 하면서 나에게 가까이 다가와 그녀의 숨결이 내 입술에 닿을 때면 나는 마치 번개를 맞은 것처럼 정신이 혼미해진다네. 그러면 나는 땅 속 깊은 곳으로 가라앉는 기분이 된다네. 하지만 빌헬름, 감히 내가 천국과도 같은 그녀를, 이 믿음을―나는 알고 있네. 감히 그러하지 못하겠지―자네는 나를 이해해 줄 거라 믿네. 아니, 아니! 내 마음은 그토록 타락하지 않았네. 단지 약할 뿐이네. 약하다는 것은 타락했다는 것인가?

그녀는 나에게 신성한 존재라네. 그녀가 존재하기에 내 모든 열정도 있는 것이지. 내가 그녀 가까이에 있을 때 나는 내 감정을 표현할 수가 없다네. 마치 내 영혼이 몸 전체에서 살아 숨 쉬는 기분이랄까. 천사 같은 솜씨로 피아노를 연주하는 그녀에게는 멜로디가 있다네. 그것은 소박하면서도 매우 신성한 것이네! 그녀가 첫 음을 연주하기만 해도 그 순간만큼은 모든 고통과 불안, 슬픔이 나에게서 사라져버린다네.

나는 고대 음악이 지닌 마법 같은 힘에 대한 이야기를 믿고 있네. 그녀의 소박한 노래는 얼마나 나를 매료시키는지. 그녀는 마치 내 마음을 읽고 있는 것처럼, 때때로 내가 죽고 싶다는 충동을 느낄 때면 노래를 불러준다네. 그러면 나를 둘러싼 모든 우울과 불안은 사라지고, 나는 다시 자유롭게 숨을 쉴 수 있게 된다네.

7월 18일

빌헬름, 우리의 마음에 사랑이 없다면 어떻게 될까? 불빛이 없는 마법의 등은 어떨까? 그 안에 불이 있어야 여러 가지 영상이 흰 벽에 비치게 되는 것처럼, 그것이 우리에게 순간적으로 희미한 그림자만을 보여준다 해도 우리는 황홀해하며 어린아이처럼 행복해질 수 있다네. 나는 오늘 로테를 만나지 못했네. 어쩔 수 없이 참석해야 하는 모임 때문이었지. 그래서 내가 어떻게 했겠나? 나는 그녀에게 하인을 보냈다네. 단지 오늘 그녀에게 다녀온 사람을 내 가까이에 두고 싶었기 때문이지. 그가 돌아오기를 얼마나 기다렸던지! 그를 보자마자 나는 정말 기뻤다네! 나는 창피함을 무릅쓰고서라도 그를 끌어안고 키스를 해주고 싶었네.

형광석을 햇빛 아래에 놓아두면 빛을 흡수하여 어두운 곳에서도 얼마 동안은 빛을 뿜어낸다고 하네. 이 형광석은 나와 내 하인의 경우와 같은 것일세. 로테의 시선이 그의 얼굴과 뺨, 그의 옷깃에 머물렀다고 생각하자 나는 그의 모든 것이 사랑스러워졌다네. 그래서 그 순간, 나는 누군가가 내게 천 탈러(독일의 옛 화폐 단위로, 1탈러는 1마르크의 세 배에 해당함–옮긴이)를 준다고 해도 그와 바꾸지 않을 거라 생각했네. 그의 존재만으로도 나는 정말 행복하다네. 빌헬름, 이런 나를 보고 웃지 말게나. 우리를 행복하게 해주는 것들은 과연 망상일까?

7월 19일

"오늘 나는 그녀를 만난다네!"

아침에 일어나면 나는 즐거운 마음으로, 눈부시게 아름다운 태양을 바라보며 소리친다네.

"오늘 나는 그녀를 만난다네!"

그리고 나면 나는 더 이상 바랄 것이 없다네. 모든 것이 이 하나의 생각으로 모여들고 만다네.

7월 20일

나에게 공사公使와 함께 ○○○으로 가라는 자네의 제안은 동의할 수 없네. 나는 누군가에게 종속되는 것을 싫어하니까. 그리고 다들 알다시피 그는 함께 있으면 거칠고 불쾌한 사람이네. 어머니께서는 나에게 활동을 하라고 하셨다지? 나는 그 말에 웃지 않을 수 없었다네. 그럼 나는 지금 활동을 하고 있지 않은 것인가? 완두콩을 세든 작두콩을 세든 모두 다 똑같은 것 아닌가? 세상은 어리석게 돌아가고 있다네. 자신의 바람이나 희망에 상관없이 그저 다른 사람들이 시키는 대로 황금이나 명예, 그 밖의 다른 이유로 수고하며 일하는 사람만큼 어리석은 자들이 또 있을까.

자네는 내게, 그림 그리는 일을 너무 소홀히 하지 말라면서 나를 걱정해 주었지만 나는 그 일에 관해서는 아무 말도 하지 않겠네. 고백하자면, 나는 최근에 거의 그림을 그리지 못했다네.

나는 일찍이 지금처럼 행복했던 적이 없었다네. 돌멩이 하나, 작은 풀 하나에 이르기까지 이토록 감수성이 풍부해지고 깊었던 적은 한 번도 없었네. 하지만 나는 표현할 수가 없다네. 내 표현력은 아주 미약해서 그저 모든 것들이 내 앞을 떠돌고 있는 것만 같다네. 그래서 나는 윤곽조차 그릴 수가 없어. 하지만 내게 점토나 밀랍이 있다면 무엇이든 잘 만들어낼 수 있을지도 모르겠네. 만약 이런 상태가 계속 유지된다면 설사 엉뚱하게 과자처럼 될지라도 한 번 시도해 볼 생각이네.

로테의 초상화를 세 번이나 그려보았지만 다 실패하고 말았네. 조금 전까지만 해도 썩 마음에 들게 잘 그려진다고 생각했는데, 그랬던 만큼 이것이 나를 더 괴롭게 한다네. 나는 그녀의 실루엣이라도 그려놓고 그것으로 만족할 수밖에 없네.

7월 25일

사랑하는 로테! 나는 당신이 맡긴 모든 일을 잘 처리하겠습니다. 오직 분부만 내리십시오. 많을수록 좋습니다. 하지만 한 가지 부탁드릴 게 있습니다. 저에게 편지를 보내실 때 모래는 사용하지 말아주십시오.(옛날에는 잉크가 번지는 것을 막기 위해 모래를 사용했음-옮긴이) 오늘 당신의 편지를 급하게 입술에 갖다 대었다가 그만 모래를 씹고 말았습니다.

7월 26일

그녀를 너무 자주 만나러 가지 않겠다고 몇 번이나 결심했는지 모른다네. 하지만 이런 결심은 곧 무너지고 말았지. 나는 날마다 유혹에 시달렸고, 내일은 정말로 가지 않겠다고 다짐했었지. 하지만 그 다음 날이 되면 나는 그녀를 꼭 만나러 가야 될 구실을 찾고 있었고, 그러한 핑계를 찾기도 전에 나는 또다시 그녀와 함께 있는 것이었네. 작별 인사를 하면서 그녀가 "내일도 오실 거죠?"라는 말을 할 때, 그 누가 그 말을 거역할 수 있겠는가? 그녀가 내게 어떤 임무라도 맡기면 나는 그 해답을 찾아 직접 그녀에게 가야 하는 것이네. 화창한 날이면 나는 발하임으로 간다네. 그곳은 그녀의 집에서 불과 30분 정도 떨어진 곳이지. 그곳에 가면 로테를 느낄 수 있는 공간에 가까이 가 있는 것이고, 그래서 눈 깜짝할 사이에 그곳에 가 있는 나를 발견하게 된다네.

예전에 할머니께서 자석산磁石山에 관한 이야기를 들려주곤 하셨지. 배가 자석산에 가까워지면 갑자기 쇠붙이란 쇠붙이는 빨려가듯 모두 산 쪽으로 날아가 버린다네. 그리하여 그 배에 탔던 사람들은 부서진 널빤지 파편에 깔려 죽게 된다는 이야기지.

7월 30일

알베르트가 돌아왔다네. 그래서 나는 떠나야만 하네. 그는 멋있고 고결한 신사이지. 반면에 나는 그에 비하면 모든 것이 부족하다네. 나는 그가 이토록 완벽한 로테를 소유하는 것을 지켜볼 수가 없네. 소유한다! 빌헬름, 그녀의 약혼자가 여기에 있다네. 그는 멋있고 훌륭한 사람이기에 누구도 좋아하지 않을 수 없지. 다행히 나는 그들이 만날 때 함께 있지 않았다네. 그렇게 되면 내 마음은 산산조각이 나버릴 테니! 그는 매우 사려 깊은 사람이라서 내가 있을 때는 단 한 번도 로테에게 키스를 한 적이 없다네. 그에게 신의 은총이 있기를! 로테를 대하는 그의 태도를 보면 그를 사랑하지 않을 수 없다네. 그는 나에게 호감이 있는 듯이 보였다네. 하지만 그것은 그의 마음에서 우러나온 것이라기보다는, 아마도 로테가 시켜서 그런 것 같다는 생각이 드네. 이런 문제에 관해서, 여자들은 섬세하기 때문에 그럴 가능성이 높지. 자신을 좋아하는 두 남자가 사이좋게 지낼 수 있는 경우는 드물지 않은가. 하지만 그렇게만 된다면 여자 쪽에서는 좋은 일이겠지.

나는 알베르트를 존경하지 않을 수 없다네. 그의 침착함은 조급한 내 성격과 극히 대조적이지. 그는 감성이 풍부할 뿐 아니라 로테의 진면목을 잘 알고 있는 것 같네. 자네도 잘 알겠지만, 그는 내가 가장 혐오하는 불쾌함과는 거리가 먼 사람이라네.

그는 나를 분별 있는 사람이라고 생각하는 것 같네. 로테를 향한 나의 사랑과 관심이 그녀에게 더 집중될수록 그의 성취감은 높아지고, 사랑은 더 깊어지는 것이네. 약간의 질투심 때문에 그도 가끔씩 로테를 괴롭힐지는 몰라도 말이야. 만약 내가 그의 입장이라 해도 그러한 감정에서 완전히 자유롭지는 못할 것일세.

하지만 어쨌든 로테와 함께했던 내 기쁨은 끝나고 말았어. 어리석다고 해야 할까, 아니면 눈이 멀었다고 해야 할까? 하긴, 그게 뭐 그리 중요하겠는가. 상황 그 자체가 말해 주고 있지 않은가. 알베르트가 돌아오기 전부터 나는 이 모든 사실을 알고 있었네. 나는 그녀에 대해 아무런 권리도 없으며, 또 실제로 어떤 요구도 하지 않았지. 이토록 사랑스러운 사람을 보고도 욕심을 내지 않을 수 있는 한도 내에서 말이야. 그런데 지금은 다른 남자가 나타나서 나의 그녀를 빼앗아가 버린 것이네. 나는 그저 멍하게 서서 바라볼 수밖에 없다네.

나는 이를 악물고 가엾은 내 처지를 비웃고 있다네. 어쩔 수 없으니 나에게 단념하라는 허수아비 같은 자들이 있다면, 나는 그들을 향해 두 배, 세 배의 조소를 퍼부으며 당장 쫓아버릴 것이네. 나는 숲 속을 헤매다가 로테가 있는 곳으로 갔다네. 거기서 나는 그녀와 함께 정원의 정자亭子에 앉아 있는 알베르트를 보았지. 나는 당황해서 일부러 바보 같은 짓을 하고 수많은 과장된 행동을 했다네.

"제발 부탁이에요."

로테가 오늘 나에게 말했네.

"지난밤과 같은 행동은 제발 하지 말아주세요! 당신이 그런 행동을 하시니 좀 겁이 나요."

우리끼리 하는 말이지만, 나는 알베르트에게 바쁜 일이 생겨 그가 자리를 뜨기만을 기다리고 있다네. 그러다 그가 자리를 비우게 되면 그녀를 찾아가곤 한다네. 그녀가 혼자 있는 모습을 보면 나는 정말로 마음이 편안하다네.

　사랑하는 빌헬름, 부디 용서해 주게. 피할 수 없는 운명은 반드시 따라야 한다는 이들을 몹시도 비난했던 나를 말일세. 자네를 두고 한 말은 아니었네. 자네가 그러한 생각을 갖고 있으리라곤 상상도 못 했어. 실은 자네 말이 옳아. 하지만 한 가지 이야기할 것이 있네. 이 세상에서 둘 중에 하나를 선택해야 되는, 즉 양자택일을 한다는 것은 어려운 일이라네. 인간의 행동과 의견에는 수많은 종류가 있지. 매부리코와 납작코 사이에도 여러 형태가 존재하는 것처럼 말이야.

　그러니까 내가 자네의 의견을 모두 인정하면서도 양자택일의 경우에 대해서는 빠져나가려 하는 것을 이해해 주게.

　자네의 입장은 이러한 것이겠지. 로테를 차지할 희망이 있는가 아니면 그렇지 않은가. 만일 전자의 경우라면 그 소원을 이룰 수 있도록 노력하라. 하지만 후자의 경우, 희망이 없다면 그 비참한 열정은 버려야 한다. 그것은 모든 힘을 소진시키며 자신을 파멸시킬 테니까. 하지만 친구여, 이것은 말로 할 때는 쉽지만 행동으로 옮길 때는 정말 어려운 일이지.

　자네는 서서히 죽어가는 병에 걸려 목숨이 위태로운 사람에게, 그 고통을 줄이기 위해 단번에 단검으로 찔러 목숨을 끊으라고 요구할 수 있겠나? 그의 힘을 소모시키는 병은 그것으로부터 벗어나려는 그의 용기마저 박탈하는 것이 아니겠는가?

자네는 내게 비슷한 비유를 들어 내 생각에 반박할 수도 있겠지. 꾸물거리며 망설이다가 목숨을 위협받느니 차라리 한 쪽 팔을 절단해 버리는 게 낫다고 말이야. 하지만 나도 잘 모르겠네. 이런 비유에 관한 이야기는 이쯤에서 그만두는 게 낫겠어.

어쨌든 빌헬름, 나도 때때로 자리를 박차고 일어나 모든 것을 훌훌 털어내고 싶은 그러한 순간이 있다네. 어디로 가야 하는지 알기만 한다면 나는 이곳을 벗어나 훨훨 날아가고 싶다네.

같은 날 저녁

그동안 소홀했던 내 일기장을 오늘 다시 들여다보고는 깜짝 놀랐다네. 내 처지를 분명히 알고 있으면서도 내가 얼마나 차근차근한 걸음씩 이 상황에 발을 디뎌놓았는지 말일세. 이러한 상황을 다 알면서도 그토록 어린애처럼 굴었다니! 나는 여전히 이 상황에 대해 명백히 알고 있지만 나아질 기미는 보이지 않는다네.

내가 이토록 어리석게 굴지만 않는다면 이곳에서 나는 가장 행복하고 기쁜 날들을 보낼 수 있을 텐데. 한 사람이 행복할 수 있는, 이보다 더 좋은 상황은 없는데 말일세. 이토록 사랑스러운 가정에서 나는 한 아버지의 아들처럼, 또 아이들에게는 아버지처럼 그리고 로테에게도 사랑을 받고 있으니 말이야. 그리고 점잖은 알베르트는 내게 어떤 불쾌한 행동도 하지 않으며, 내 행복을 방해하지도 않는다네. 그는 진심으로, 아마도 세상에서 로테 다음으로 나를 사랑하는 듯하네.

빌헬름, 사람들이 우리가 산책할 때 로테에 관한 이야기를 하는 것을 듣게 된다면 분명 웃음을 터뜨리겠지. 우리 세 사람의 관계만큼 우스운 것은 없으니까. 그런 생각을 할 때면 나는 눈물이 난다네.

알베르트는 언젠가 내게, 로테의 훌륭한 어머니에 대해 이야기해 주었네. 로테의 어머니는 임종 직전에 집안일과 아이들을 모두 그녀에게 맡겼으며, 로테는 자신에게 부탁했다고 말이야. 그 후로 로테는 달라졌다고 하네. 그녀는 활기를 되찾고 집안일과 아이들에 신경을 쓰며, 마치 엄마처럼 행동했다고 하네. 매 순간 그녀는 애정을 가지고 성실하게 일했으며, 명랑하고 활기찬 성격을 잃지 않았다고 했지. 나는 그의 이야기를 들으며 그와 나란히 걸었네.

그러다 나는 길가의 꽃을 꺾어 정성을 다해 꽃다발을 만들었네.
그리고 개울가를 지날 때 그것을 던졌고, 물의 흐름에 따라 서서
히 떠내려가는 것을 지켜보았네.

자네에게 말했는지 모르겠지만, 알베르트는 여기에 머물 것이
라네. 그는 궁정의 부름을 받았는데, 꽤 많은 봉급을 받는 관직을
얻게 될 것 같네. 그리고 궁정에서 그의 평판은 아주 좋다고 하더
군. 나는 모든 면에서 이토록 부지런하고 성실한 사람을 아직 본
적이 없다네.

8월 12일

알베르트는 확실히 이 세상에서 가장 멋진 친구라네. 나는 어제
그와 뜻하지 않게 논쟁을 벌였네. 나는 그에게 작별 인사를 하려
고 찾아간 참이었지. 사실은 말을 타고 산에 오르고 싶기도 했고.
지금 그 산에서 자네에게 편지를 쓰는 것이네. 나는 알베르트의
방 안을 이리저리 왔다 갔다 하다가 그의 권총들을 보았네.

"권총을 좀 빌려주십시오."

내가 말했네.

"여행갈 때 쓰려고 합니다."

"얼마든지 쓰십시오. 하지만 총알은 직접 장전하셔야 합니다.

그 총은 그저 장식용으로 걸어둔 것이니까요."

그가 대답했네.

나는 권총 한 자루를 꺼냈고, 그는 계속 말을 이어갔네.

"조심한다는 것이 지나쳐 오히려 형편없는 실수를 저지르게 된 후로 나는 이런 물건에 손도 대기 싫어졌어요."

나는 그의 이야기가 궁금해졌고, 곧바로 그의 말이 이어졌네.

"석 달 전쯤 시골에 사는 친구의 집에 머물고 있었지요. 그때 나는 장전하지 않은 권총 두 자루를 갖고 있었어요. 그래서 밤에는 안심하고 잘 수 있었지요. 그런데 비가 내리던 어느 날 밤, 홀로 앉아 생각에 잠겼지요. 왜 갑자기 그런 생각이 들었는지는 알 수 없지만, 혹시 집에 누군가가 침입하면 어쩌나, 그러면 권총이 필요하겠다, 그런 생각이 들더군요. 이런 기분이 어떤 것인지 당신도 아시겠지만. 그래서 나는 권총을 하인에게 건네주며, 손질해서 총알을 장전해 두라고 말했지요. 그런데 그가 하녀들과 웃고 떠들다가 그녀에게 겁을 주려고 방아쇠를 당겼어요. 잠금장치가 채워져 있었지만 이상하게도 그대로 발사되었고, 그녀의 오른손 엄지손가락은 완전히 으스러졌지요. 그녀는 울며 난리를 쳤고, 나는 그녀의 치료비를 물어줘야 했지요. 그날 이후로 나는 모든 총에 장전을 하지 않았습니다. 신중하다는 것이 대체 무슨 소용이 있단 말입니까? 우리에게 닥치는 모든 위험한 상황을 미리 알아차린다는 것이 실은 불가능하니까요. 하지만……."

자네도 잘 알고 있겠지만, 결국에 '하지만'이라는 말을 덧붙이는 인간들을 나는 더 이상 참을 수가 없다네. 모든 보편적인 질서에는 반드시 예외가 있다는 것은 자명한 사실 아닌가. 하지만 그는 너무도 지나치게 치밀하다네. 자신이 너무 성급하다거나 혹은 일반화한다거나, 또는 확실하지 않은 이야기를 했다고 생각하면 그는 즉시 내용을 다듬고, 수정하며 조절하는 사람이네. 그래서 결국에는 그가 하려는 말의 본론이 무엇인지조차 알 수 없게 된다네. 이번에도 알베르트는 그의 화제를 심도 있게 이야기했네. 하지만 나는 그의 말을 더 이상 귀담아 듣지 않고 그저 멋대로 망상에 잠겨버렸다네. 그리하여 발작적으로 내 오른쪽 눈 위의 이마에다 권총을 겨누자 그가 말했네.

　"뭐 하는 겁니까?"

　알베르트가 소리치며 권총을 빼앗았네.

　"총알이 없다면서요."

　내가 말했네.

　"총알이 없다 해도 어쩌자는 겁니까?"

　그가 불안한 듯 대답했네.

　"어떻게 인간이 스스로 목숨을 끊는 바보 같은 짓을 하는지, 생각만으로도 충격적입니다."

　"왜 당신 같은 사람들은."

　내가 계속 말을 이어갔네.

"무슨 말을 할 때 어리석다, 현명하다 혹은 좋다, 나쁘다 둘 중 하나로 이야기하는 겁니까! 그렇게 해봤자 대체 무슨 소용이 있습니까? 당신네들은 이런 행동에 대해, 왜 그들이 그럴 수밖에 없었는지 그 내부적 원인에 대해 주의 깊게 연구해 보았습니까? 그들에게 왜 그런 일이 벌어졌는지, 왜 꼭 그래야만 했는지 그 원인을 설명할 수 있느냐는 말입니다. 그럴 수 있다면 그런 성급한 판단은 하지 않을 겁니다."

"하지만 당신도 인정할 겁니다!"

알베르트가 말했네.

"동기가 어떻든 어떤 특정한 행동은 항상 죄악이라는 것을요."

나는 어깨를 으쓱이며 그의 말에 수긍했네.

"하지만 이보시오."

내가 계속 말을 이어갔네.

"그러한 경우도 역시 예외는 있습니다. 절도는 항상 죄악이지요. 하지만 극심한 가난에 시달리며 위험에 처한 가족을 살리기 위해 도둑질을 했다면, 그는 동정을 받아야 할까요 아니면 처벌을 받아야 할까요? 부정한 짓을 저지른 아내와 그녀를 비열하게 유혹한 남자에 대해, 정당한 분노를 참지 못하고 그들을 응징한 남편이나 혹은 충동적으로 사랑의 환희에 빠진 아가씨에게 누가 먼저 돌을 던질 수 있을까요? 우리나라의 법도, 냉정하고 잔인한 그들도, 이러한 경우에는 분명 처벌을 보류할 겁니다."

"이것은 전혀 다른 문제입니다."

알베르트가 말했네.

"격정적인 열정에 사로잡힌 사람들은 판단력이 흐려지고, 그런 사람들은 술에 취했다거나 제정신이 아니라고 볼 수 있으니까요."

"오! 이성적인 사람들이란!"

나는 웃으며 대답했네.

"격정! 미치광이! 주정! 도덕적인 당신들은 그렇게 시치미를 떼고 있으니 정말 성인군자 같군요! 술에 취한 사람들을 혐오하고, 격정적인 사람들을 싫어하며, 성직자처럼 그 옆을 지나가면서 자신을 그들과 같지 않게 만들어주셨음을 바리새인들처럼 하느님께 감사하고 있지요. 나는 여러 번 술에 취해 본 적이 있습니다. 그리고 나의 열정은 항상 격정에 가까웠지만 나는 그것을 부끄러워하지 않습니다. 내가 배우고 경험한 바에 의하면, 모든 특별한 사람들은 위대하고 놀라운 업적을 남길 때 항상 세상 사람들에게 술주정뱅이나 미치광이라고 지탄을 받았으니까요. 하지만 일상생활에서도 누군가가 고귀하고 대단한 일을 수행하려고 하면 '저 사람 취했어, 혹은 제정신이 아니야!'라고 비난하는 것은 정말이지 참을 수 없습니다. 당신네들은 부끄러운 줄 알아야 하오."

"그것 역시 과장이군요."

알베르트가 말했네.

"당신은 항상 모든 것을 과장하는 경향이 있어요. 이번 문제만 해도 명백히 당신이 틀렸어요. 우리는 자살에 대해 이야기하고 있는데 당신은 위대한 행위와 비교하고 있으니까요. 자살은 그저 나약함에서 비롯된 행위입니다. 비참한 생활을 견뎌내는 것보다 죽는 것이 훨씬 더 쉬우니까요."

나는 대화를 중단하려고 했네. 내가 진심으로 이야기하고 있을 때 상대방이 대수롭지 않은 이야기라고 여기는 것만큼 사람을 자극하는 일도 없으니 말일세. 하지만 나는 진정하고 그에게 대답했네. 나는 종종 그런 말들을 들어왔고 거기에 대해 자주 화를 냈으니 말일세.

"당신은 그것을 나약함이라고 부릅니까? 겉모습으로만 판단하지 마십시오. 견딜 수 없는 군주의 폭압에 시달리며 오랫동안 신음하던 국민이, 마침내 일어서서 자신을 옥죄던 그 사슬을 던져버린다면 그것도 나약함이라고 부르겠습니까? 불에 타고 있는 자신의 집을 보면서 힘이 불끈 생겨, 평소 같으면 들어 올리지도 못할 무거운 짐을 번쩍 들어 올린 사람의 경우도, 또 모욕을 참지 못하고 분노하여 여섯 명을 상대로 싸워 이긴 사람의 경우도 나약하다고 할 수 있습니까? 이보시오 친구, 노력은 강한 힘이라고 하면서 왜 지나친 긴장은 나약함이라고 부르는 겁니까?"

알베르트가 나의 얼굴을 쳐다보며 말했네.

"오해하지는 마십시오. 하지만 당신이 예로 든 것은 이 경우에 해당되지는 않는 것 같습니다."

"그럴 수도 있겠지요."

내가 대답했네.

"나는 종종 내 이야기가 망상이고 이치에 맞지 않는다는 소리를 들어왔습니다. 하지만 우리가 이 문제를 다른 관점에서 생각해 볼 수는 없는 겁니까? 우리가 그 사람의 마음을 공감할 수 있어야 인생의 즐거움을 버리려고 결심한 사람들의 마음이 어떤 것인지 헤아릴 수 있겠지요."

"인간의 본성은,"

내가 계속 말을 이었네.

"한계가 있습니다. 기쁨, 슬픔 그리고 고통은 참는 데도 한계가 있고, 그 한계를 넘어서면 결국 파멸하게 되는 것이지요. 그러므로 이 문제에 관해서는 어떤 사람이 강하다, 약하다, 할 수 없는 것이며, 고통의 한계를 견딜 수 있는가의 여부가 중요한 것입니다. 그 고통이 정신적이든 육체적이든 간에 말이지요. 그러니까 내 말은, 스스로 목숨을 끊으려는 자를 겁쟁이라 부르는 것은 지독한 열병으로 죽어가는 사람을 겁쟁이라고 부르는 것과 같다는 것입니다."

"궤변이오! 그것은 모두 궤변입니다!"

알베르트가 소리쳤네.

"당신이 생각하는 것만큼의 궤변은 아닙니다."

내가 대답했네.

"당신도 인정하시겠지만, 건강이 몹시 나빠져서 힘을 다 소진하게 된 경우, 어떤 방법을 동원해도 다시 예전처럼 회복될 수 없을 때 우리는 그것을 죽을병이라고 부릅니다. 그러면 이보시오, 이것을 정신에 적용해 봅시다. 여러 가지 인상과 생각이 작용하여 생각이 굳어버린 그가, 한순간에 격정에 휩싸일 때 그는 냉철한 사고력을 모두 잃게 되고 파멸하게 되지요. 그렇게 되면 냉정하고 이성적인 사람이 이러한 불행한 사람들에게 충고를 한다 해도 아무 소용이 없는 것이지요. 이것은 건강한 사람이 환자 옆을 지키고 있어도 그에게 조금도 건강한 기운을 불어넣을 수 없는 것과 마찬가지입니다."

알베르트는 이 이야기가 너무 일반적이라고 생각하는 것 같았네. 그래서 나는 얼마 전에 물에 빠져 죽은 소녀 이야기를 상기시키며 들려주었네.

"그녀는 착한 소녀였죠. 그녀는 집안일과 매주 정해진 일의 틀 안에서 성장했어요. 일요일마다 제일 예쁜 옷을 차려입고, 그녀의 친구들과 산책을 간다든가 혹은 축제 때 춤을 추러 가거나, 여유 시간에 이웃 여자와 잡담을 하며 마을에 떠도는 소문이나 다툼에 관해 떠드는 등 이러한 사소한 일들이 그녀의 유일한 즐거움이었죠. 그러다 그녀의 마음은 새로운 미지의 것에 대해 소망하게 되었죠. 그녀에게 잘해 주고 달콤한 말로 유혹하는 남자들 때문에 그녀의 욕망은 커져만 갔죠. 이전에 느꼈던 기쁨들에 대해선 모두 흥미를 잃었던 거예요.

　그녀는 말로 설명할 수 없는 감정에 이끌려 그 남자를 만나게 되었으며, 모든 희망을 그에게 걸었죠. 그녀는 자기 주변의 것들은 모두 잊어버렸죠. 오로지 그 남자만 보이고, 그 남자의 목소리만 들렸으며, 오직 그 남자에게만 희망을 걸었죠. 그의 존재는 그녀의 모든 생각을 사로잡았어요. 부질없는 허영심으로 타락하지 않았던 그녀였기에 그녀의 사랑은 오로지 그를 향했고, 그의 아내가 되기를 희망했으며, 그녀가 찾고 있던 행복과 오랫동안 바라던 축복을 그와 함께함으로써 영원히 느끼고 싶어 했죠. 남자의 반복된 약속은 그녀의 희망을 더욱 굳건하게 해주었고, 그녀의 욕망은 점점 커지게 되었으며, 그녀의 마음은 그에게 완전히 빼앗겨버렸죠. 행복에 대한 기대 때문에 그녀는 마치 꿈속을 떠도는 듯했고, 극도의 긴장 탓에 감정은 더욱 격해졌죠. 그녀는 자신의 모든 소망들을 끌어안으려고 두 팔을 쭉 뻗었죠. 그때 그녀의 애인이 그를 버렸어요. 온몸이 경직되고 정신이 혼미해진 그녀는 벼랑 끝에 서게 되었죠. 모든 어둠이 그녀 주위에 몰린 듯했고, 그녀에게는 어떤 기대나 희망, 위안도 소용없었죠. 그녀의 모든 것이었던 그 남자가 그녀를 버렸으니! 그녀는 자신 앞에 놓인 세상을 보지 못했죠. 그녀 마음을 채워줄 많은 사람들이 있으리라고는 생각조차 하지 못했으며 자신이 버림받았다고 느꼈죠. 그녀는 세상에 버림을 받았다고 생각하여 앞을 보지 못했고, 상처받은 마음에 아픔을 지닌 채 모든 고통을 끝내기 위해 죽음을 향해 몸을 던졌죠. 보십시오, 알베르트, 이것이 수많은 이들의 이야기입니다. 아픈 사람들의 경우도 마찬가지 아니겠습니까? 인간에게는 복잡하게 얽힌 미로 속을 빠져나가는 것 외에는 다른 방법이 없어요. 힘은 모두 고갈되고 결국 가엾은 그녀의 영혼은 더 이상 버틸 수 없게 되어 그녀에게는 죽는 길밖에 없었던 것이죠.

이런 그녀를 침착하게 바라보며 '이 어리석은 여자야, 조금만 더 참지 그랬어. 시간이 지나면 상처는 치유되기 마련이야. 너의 절망도 누그러지고 너에게 위안이 될 또 다른 애인이 생길 텐데.' 라고 외치는 사람이 있다면 부끄러워해야 할 겁니다. 그것은 '열병에 걸려 죽다니 어리석군! 그는 왜 원기를 회복하고 혈액이 안정될 때까지 기다리지 못했을까? 그랬다면 건강도 좋아지고 그는 지금 살아 있을 텐데.' 이렇게 말하는 것이나 마찬가지겠죠."

알베르트는 이런 비유를 이해할 수 없다는 듯 몇 가지 반대 의견을 냈고, 내가 이야기한 것들은 단지 무지한 소녀의 경우에 해당되는 것이라고 말했네. 분별 있고 넓은 식견과 경험을 가진 사람들도 과연 이러한 변명을 늘어놓을지 의문을 갖고 말일세. 그는 내 말을 이해할 수 없다고 했네.

"알베르트!"

나는 소리쳤네.

"인간은 인간일 뿐이죠. 어느 정도의 판단력이 있더라도 그의 내부에서 정열이 끓어 넘치면 인간 본성의 좁은 한계를 느끼게 되는 것이죠. 그렇게 되면 그땐…… 이 이야기는 다음에 다시 하죠."

나는 모자를 집어 들며 말했네. 아아! 내 마음은 너무 답답했다네. 우리는 서로를 이해시키지 못하고 헤어졌네. 서로의 마음을 이해한다는 것은 얼마나 어려운 일인가!

8월 15일

이 세상에 사랑만큼 불가피한 것은 없다네. 나는 로테가 나를 잃고 싶지 않다는 것을 느낄 수 있다네. 그리고 아이들 역시 내가 내일도 자신들을 만나러 와주기를 바라고 있네. 나는 오후에 로테의 피아노를 조율하러 그 집에 갔었네. 하지만 아이들이 내게 이야기를 들려달라고 아우성을 쳤고, 또 로테도 그렇게 하라고 했기에 피아노 조율은 하지 못했네.

나는 아이들에게 빵을 나눠주었는데, 지금 그들은 로테만큼 나에 대해 만족하고 있다네. 나는 아이들에게 천장에서 손이 나와, 갇혀 있는 공주에게 음식을 나눠주는 동화를 들려주었네. 이야기를 들려주면서 나 자신도 배우는 게 많았고, 아이들도 그 이야기에 깊은 감명을 받는다네. 나는 이러한 사실이 그저 놀랍기만 하네. 때때로 내가 같은 이야기를 두 번째 할 때면, 지난번에 했던 이야기를 잊어버리곤 하는데, 그럴 때마다 아이들은 즉시 지난번 이야기와는 다르다고 지적한다네. 그래서 나는 지금 그 이야기를 다시는 틀리지 않도록 노래하듯 외우느라 몹시 애쓰고 있다네.

　나는 작가들이 개정판을 낼 때 얼마나 자신의 작품을 훼손하는지 알게 되었네. 설사 그 작품이 처음의 것보다 나아졌다고 할지라도 말이야. 첫인상은 사람에게 쉽게 받아들여지기 마련이지. 또 우리는 신기하게 여기는 일들도 쉽게 받아들이게 되어 있네. 그것들이 일단 우리의 기억 속에 자리 잡게 되면 아무리 지우려고 애써도 소용없다네.

8월 18일

　우리 행복의 원천이 어째서 불행의 근원이 되어야만 하는 것인가? 한때 자연은 내게 충만한 감성으로 심장을 뛰게 하고 기쁨이 넘쳐흐르게 했으며 낙원을 맛보게 해주었네. 허나 지금은 영원히 나를 쫓아다니며 괴롭히는 악마가 되었다네. 예전에 나는 이 바위 위에서, 강 너머 저쪽 언덕의 푸르른 나무들과 꽃들이 만발한 골짜기를 내려다보며, 내 주변의 만물이 싹을 틔우는 것을 보았지. 또한 멀리 산들이 기슭에서 봉우리까지 키가 큰 나무들로 뒤덮이고, 머나먼 골짜기들은 울창한 숲들로 그늘져 있었네. 갈대 사이로 미끄러지듯 유유히 흐르는 강물은 저녁의 산들바람이 몰고 온 아름다운 구름의 그림자를 비춰주었네. 그리고 숲 속에서 들려오는 새들의 노랫소리를 들었고, 저녁 무렵에는 석양의 빛에 모여들어 모기떼들이 춤추고 딱정벌레들이 윙윙거리며 날아다니는 것을 보았지. 그러다 주변의 시끄러운 소리에 놀라 땅을 쳐다보면, 단단한 바위에 붙어 양분을 빨아들이는 이끼와 모래언덕까지 뻗은 나무들, 이 모든 살아 숨 쉬는 자연이 내 마음을 따뜻함으로 가득 채워주었다네. 나는 이렇듯 넘치는 풍요로움 속에 신이 된 듯한 착각이 빠졌고, 무한한 세계의 찬란한 모습들이 내 영혼에 스며들었지. 거대한 산들은 나를 에워싸고, 바로 눈앞에 깊은 연못이 있으며, 강물은 평지와 바위, 산을 지나 세차게 흘러내리며 숲 속에서는 강물의 메아리가 들려왔다네. 나는 무한한 힘이 땅 속 깊은 곳에서 작용하는 것을 보았네. 그 힘은 땅 위와 하늘 아래에서 수많은 생명체들을 길러내고 있었던 것이지. 우리 주변에는 수많은 형태의 생명이 살고 있는 것이네. 허나 인간은 안전을 위해 작은 집에 모여 살면서 그 안에서 자신이 마치 이 거대한 세계의 지배자라도 되는 듯한 착각을 하고 있다니! 가엾고 어리석은 자들이여! 그들은 스스로가 작기 때문에 만물이 다 작다고 생각하고 있는 것이라네.

오를 수 없는 험한 산에서부터 황무지를 지나 미지의 대양의 한계선까지, 조물주의 정신이 살아 숨 쉬고 있다네. 한낱 미물일지라도 조물주는 자신이 창조해 낸 모든 것들을 바라보며 기뻐한다네. 그럴 때 나는 종종 내 머리 위로 날아가는 학의 날개를 빌려 헤아릴 수 없이 깊은 바다로 날아가고 싶다네. 그리고 무한한 그분의, 거품이 담긴 잔에 깃든 생명의 기쁨을 마시며, 자신의 안에서 만물을 스스로 창조해 내신 그 행복을 잠시나마 함께하고 싶다네.

친구여, 나에게는 그때의 기억들만이 위안이 된다네. 그 감정들을 회상하는 순간만큼 나를 행복하게 해주는 것은 없네. 하지만 그런 만큼 현실의 두려움을 더욱 절감하게 된다네.

드디어 내 눈앞에 펼쳐져 있던 장막이 걷힌 듯하네. 그리고 영원한 생명의 모습이, 문이 열린 무덤의 심연으로 바뀌어 내 앞에 펼쳐져 있네. 모든 것이 번개처럼 지나가더라도, 급류에 휩쓸리거나 파도나 바위에 부딪혀 가라앉아도 '무엇인가가 존재한다.'고 자네는 말할 수 있겠는가? 이것은 자네와 주변 사람들을 집어삼키고 매 순간 자네를 파괴자로 만들 것이네. 지극히 평범한 산책조차도 수많은 가엾은 곤충들의 생명을 빼앗는 것이고, 한 걸음만으로도 성실한 개미가 공들여 쌓은 집을 파괴할 수 있으며, 그 작은 세계를 혼돈으로 뒤바꿀 수 있는 것이네. 아, 세계의 거대한 재난, 홍수로 마을 전체를 휩쓰는 것이나 지진이 도시를 삼켜버리는 것은 나에게 아무런 영향도 주지 못한다네. 오직 우주 대자연의 곳곳에 숨어 있는 파괴력만이 내 마음을 자극한다네. 자연의 힘은 그 자신과 주변의 것들을 파괴하지. 그래서 나는 내 주변을 둘러싼 대지와 공기, 만물이 작용하는 힘 때문에 불안해하며 방황하고 있다네. 그것들은 나에게 그들의 창조물을 집어삼키고 있는 두려운 괴물로 다가오고 있다네.

8월 21일

아침마다 나는 그녀를 향해 팔을 뻗으며 괴로운 꿈에서 깨어난다네. 그것이 얼마나 허망한 일인지 잘 알고 있네. 밤이 되면 나는 침대에서 그녀를 찾고 있다네. 순수한 그 꿈은 내게 행복으로 다가오지만, 그녀와 나란히 잔디에 누워, 그녀의 손을 잡고 쉼 없이 키스를 퍼붓는 이러한 꿈도 헛된 일이라는 것을 잘 알고 있네. 잠에서 덜 깬 상태로 그녀를 느낄 때, 나는 그녀가 내 가까이에 있는 것 같은 착각에 행복하지만, 잠에서 깨고 나면 주체할 수 없는 마음에 눈물이 흐르고, 어디에서도 위안을 받을 수 없네. 그러면 나는 내 슬픈 앞날을 생각하며 눈물을 흘린다네.

　얼마나 불행한 일인가, 빌헬름! 나의 활동은 방향을 바꾸어 불안한 게으름으로 바뀌었다네. 나는 멍청하니 하릴없이 지낼 수도, 그렇다고 어떤 일을 할 수도 없다네. 나는 더 이상 자연의 아름다움에 대해서 어떠한 감흥도 없으며, 책은 보기만 해도 지긋지긋하다네. 우리가 일단 자신을 포기하면 모든 것을 잃게 되는 것이지. 나는 차라리 일용직 노동자였으면 좋겠다는 생각을 여러 번 했다네. 그렇게 되면 아침에 눈을 떴을 때 그날만큼은 어떤 기대나 희망 같은 것이 생기지 않겠는가. 나는 서류 더미에 파묻혀 지내는 알베르트가 종종 부러웠다네. 내가 그였다면 얼마나 행복할까. 이러한 생각에 때때로 자네나 장관님께 편지를 쓰고 싶었네. 대사관에 일자리를 부탁한다면 기꺼이 일자리를 얻을 수 있다고 믿고 있다네. 장관님께서는 오랫동안 나를 신임하셨고, 나를 고용하기 위해 자주 권하셨으니 말일세. 그래서 한때는 나도 그러고 싶은 생각도 들었다네. 하지만 말에 대한 우화가 생각이 나면서 지금은 생각이 바뀌었다네. 자유로움에 지친 말이, 안장과 마구를 얹고 고통을 받으면서 죽을 때까지 사람을 태우고 달렸다는 이야기네. 나는 어떤 결정을 내려야 할지 모르겠네. 변화를 원하는 것은 불안감에서 비롯된 걱정이겠지. 그것은 어떤 상황에서도 똑같이 나를 따라다닐 테지.

내 병을 치료할 수 있다면 분명 이곳에서 치료받을 수 있을 것일세. 내 생일이었던 이른 아침에 나는 알베르트에게서 소포 하나를 받았네. 그 안에는 분홍색 리본이 들어 있었지. 그것은 내가 로테를 처음 만났을 때 그녀 옷에 달려 있었던 것이네. 나는 그녀에게 그것을 달라고 몇 번이나 부탁했었지. 또 두 권의 작은 책이 함께 들어 있었는데, 그것은 4x6 사이즈의 베트슈타인 판 호메로스의 책이었다네. 나는 오랫동안 그것을 갖고 싶어 했지. 산책을 할 때마다 크고 무거운 에르네스티 판을 갖고 다녀서 불편했기 때문이네. 그들은 내가 원하는 것을 얼마나 잘 알고 있는지, 작은 것 하나까지도 얼마나 잘 이해하며 우정이 담긴 선물을 보내는지 모른다네. 그런 선물은, 값비싸고 받는 이도 부담을 느끼게 하는 대단한 선물보다 훨씬 더 값진 것이네. 나는 리본에 수없이 키스를 했고, 숨 쉴 때마다 기쁨에 가득 차 행복했던, 돌아갈 수 없는 그날들을 떠올렸다네. 빌헬름, 이것이 우리의 운명인 것인가. 나는 더 이상 불평을 늘어놓지는 않겠네. 인생에서 꽃이란 환상이나 마찬가지라네. 얼마나 많은 꽃들이 지고 흔적도 없이 사라지는가. 열매를 맺는 꽃은 과연 몇이나 될까. 또 그 열매들 중에 제대로 익은 것은 얼마나 될까. 물론 잘 익은 열매도 꽤 있긴 하지. 하지만 친구여, 잘 익은 그 열매를 소홀히 하며 맛도 보지 않은 채 썩게 만들 수 있는 것인가?

그럼, 잘 있게! 정말 멋진 여름이네. 나는 종종 장대를 들고 로테의 과수원에 있는 나무에 올라가 꼭대기에 있는 배를 딴다네. 그러면 그녀는 나무 아래에서 내가 떨어뜨리는 열매를 받는다네.

8월 30일

나는 얼마나 불행한 인간인가! 왜 나는 스스로를 기만하고 있는가? 이 무모하고, 목적 없고, 무한한 열정의 끝은 무엇인가? 나는 그녀를 위한 기도 외에는 아무것도 할 수 없네. 나의 상상 속에서는 오직 그녀만 보일 뿐, 내 주위의 모든 것들은 그녀와 연관된 것들을 제외하고는 아무것도 보이지 않는다네. 나는 이 꿈속 같은 상태에서 행복한 시간을 보내고 있지만 그녀를 향한 마음을 곧 접어야 하네. 빌헬름, 내 마음은 왜 이리도 나를 재촉하는지! 그녀와 몇 시간씩 함께 있을 때 나는 그녀의 몸짓과 우아함, 신성한 그녀의 생각에 완전히 도취되고 만다네. 나는 점점 흥분되어 내 눈은 흐려지고, 내 귀는 먹먹해지며, 마치 살인자가 목을 짓누르는 것처럼 숨이 쉬어지지 않는다네. 내 심장은 이 고통을 안정시키기 위해 더욱 요동치지만 오히려 더 혼란스러울 뿐이네.

때때로 나는 내가 이 세상에 진정으로 존재하는 것인지 의심스럽다네. 그럴 때마다 우울한 마음을 위로받고 싶어 로테의 손을 빌려 눈물을 닦고 싶지만, 그녀는 결코 허락해 주지 않는다네. 그럴 때면 나는 들판으로 뛰쳐나가 이리저리 방황하며, 가파른 절벽에 오르거나 길 없는 오솔길을 떠돌다가 가시덤불에 찔리기도 하지. 그때야 비로소 나는 마음의 위안을 얻는다네. 또 가끔은 바닥에 누워 피로와 갈증을 풀기도 하지. 늦은 밤, 머리 위로 달이 뜨면 적막한 숲 속의 오래된 나무에 기대 앉아 상처 입고 지친 내 발을 쉬게 한다네. 그러다 잠이 들어 날이 새기도 하지.

오, 빌헬름! 은자의 독방, 그의 의복, 거친 풀로 짠 허리띠 같은 것들만이 내 고통의 위안이 된다네. 잘 있게! 가엾은 내 인생의 끝은 무덤이 아니고 무엇이겠는가.

9월 3일

나는 떠나야만 하네. 고맙네, 빌헬름, 흔들리는 내 결심을 굳히게 해주어서. 나는 2주 전부터 그녀를 떠날 결심을 했었네. 나는 떠나야만 하네. 그녀는 다시 시내에 있는 친구 집에 머물고 있다네. 그리고 알베르트는…… 그래, 나는 떠나야만 하네.

정말로 힘든 밤이었네, 빌헬름! 나는 이제 모든 것을 이겨낼 수 있다네. 나는 다시는 그녀를 만나지 않겠네! 아아, 자네의 목에 매달려 눈물을 쏟아내며, 내 마음을 헤집어놓은 이 감정들을 모두 토해낼 수 있다면……. 나는 숨을 몰아쉬며 진정시키기 위해 이곳에 앉아 있다네. 날이 밝으면 집 앞으로 마차가 오기로 되어 있네.

그녀는 평온하게 잠들어 있다네. 영원히 나를 보지 못할 거라고는 전혀 생각 못 하겠지. 나는 겨우 그 자리를 떠나왔네. 그녀와 두 시간이나 대화를 하면서도 내 계획을 말하지 않겠다고 결심했었지. 빌헬름, 그녀와의 대화는 얼마나 좋았던지! 알베르트는 저녁 식사 후에 곧바로 로테와 함께 정원으로 오겠다고 약속했네. 나는 키가 큰 밤나무 밑의 테라스에서 해가 지는 것을 바라보고 있었지. 해는 아름다운 골짜기와 고요하게 흐르는 강물 아래로 가라앉고 있었지. 나는 종종 로테와 함께 이곳을 찾아와 그 장엄한 광경을 보곤 했다네. 허나 지금은 내가 그토록 좋아하던 그 길을 홀로 거닐고 있네. 로테를 알기 전부터 어떤 신비로운 감정이 나를 이곳으로 자주 이끌었던 것이지. 그리고 우리가 만난 지 얼마 되지 않았을 때, 우리가 서로 같은 장소를 좋아하고 있다는 것을 알고는 정말 기뻤다네. 이곳은 그동안 내 마음을 사로잡았던 그 어떤 곳보다도 훨씬 낭만적이라네. 밤나무들 사이로 광장이 펼쳐져 있네. 이것에 대해서는 지난번 편지에서 언급한 것 같은데. 키가 큰 거대한 너도밤나무가 펼쳐져 있고, 그 주변에 있는 작은 숲이 그 길을 한층 더 어둡게 만들어 결국엔 어두운 광장이 되고 만다네. 그곳은 신비하고도 쓸쓸한 매력이 있지. 내가 처음 그곳에 갔을 때 환한 대낮이었음에도 불구하고 매우 어두웠는데, 이상하리만큼 묘한 우울함이 느껴졌던 게 생각나네. 언젠가는 그곳이 나에게 행복과 불행의 장소가 되리라는 것을 어렴풋이 예감했던 것처럼 말이야.

나는 이별과 재회의 감정과 맞서 싸우며 반 시간 정도를 그렇게 흘려보냈네. 그때 그들이 테라스로 올라오는 발소리를 듣고 나는 달려가서 그들을 맞았고, 떨리는 마음으로 그녀의 손에 키스를 했다네. 우리가 테라스 꼭대기에 다다르자 숲 속 언덕에 숨어 있던 달이 떠올랐다네. 우리는 여러 이야기를 나누었고, 그 사이 어두침침한 정자에 이르렀다네. 로테가 먼저 들어가서 앉았고, 그 다음 알베르트가 들어가 그녀 옆에 앉았네. 나도 그녀 옆에 앉았지만 혼란스러운 마음에 오래 앉아 있을 수는 없었다네. 나는 일어나서 그녀 앞을 서성이며 이리저리 왔다 갔다 하다가 다시 제자리에 앉았다네. 나는 불안하고 비참한 기분이 들었네.

로테는 너도밤나무 끝에 걸려서 눈앞의 테라스를 환하게 비추고 있는 아름다운 달빛으로 시선을 돌렸다네. 우리가 있는 곳이 어둠에 둘러싸여 있었기에 그 광경은 더욱 찬란했네. 우리는 잠시 침묵하고 있었다네. 그때 로테가 먼저 말을 꺼냈네.

"달빛 속을 거닐 때면 먼저 떠나간 사랑하는 사람들이 생각나요. 그럴 때면 머릿속은 죽음이나 앞날에 대한 생각으로 가득 차게 돼요. 우리는 다시 태어날 수 있을까요!"

그녀는 단호하면서도 감정에 북받친 목소리로 말했네.

"하지만 베르테르, 그때 우리가 다시 서로를 알아볼 수 있을까요? 어떻게 생각하시는지 말씀해 주시겠어요?"

"로테."

나는 그녀의 손을 잡고 말했네. 내 눈엔 어느새 눈물이 가득 고였지.

"우리는 다시 만나게 될 겁니다! 이승에서든 저승에서든 반드시 다시 만날 겁니다!"

나는 더 이상 말을 잇지 못했네. 빌헬름, 그녀는 왜 내게 이런 질문을 했는지, 잔인한 이별에 대한 두려움으로 가득 찬 이 순간에 말일세.

"먼저 떠난 그분들은 우리가 이곳에서 어떻게 지내는지 알고 계실까요? 우리가 이렇게 행복하게 잘 사는 것을 알고 계실까요? 사랑하는 마음으로 우리가 그들을 기억한다는 것을요. 조용한 밤에 아이들에게 둘러싸여 앉아 있을 때면, 어머니의 그림자가 제 곁을 맴도는 것만 같아요. 아이들은 이제 어머니 곁에 있었던 것처럼 제 주위에 모여 있어요. 그럴 때 저는 걱정스러운 눈빛으로 하늘을 바라보며, 어머니가 우리를 지켜보고 계시길 바라고 있어요. 그리고 어머니께서 돌아가시던 그 순간, 아이들에게 엄마가 되어 주겠다고 했던 약속을 제가 얼마나 잘 지키고 있는지 그 모습을 꼭 보셨으면 해요. 그럴 때 저는 감정이 격해져 이렇게 외친답니다. '용서하세요. 사랑하는 어머니. 어머니만큼 아이들을 잘 돌보지 못한 것을요! 하지만 저는 최선을 다하고 있어요. 아이들에게 옷을 입히고 먹을 것을 만들어주며, 더 많이 사랑하며 보살피고 있어요. 저희들이 잘 사는 모습을 지켜봐 주세요! 어머니, 당신께서는 돌아가시기 전에 아이들의 행복을 빌며 쓰린 눈물로 기도하셨죠. 평화롭고 화목하게 지내는 지금의 모습을 보신다면 아마 하느님께 따뜻한 마음으로 감사 기도를 드리실 거예요."

그녀는 이렇게 말했다네. 하지만 오, 빌헬름! 누가 그녀의 말을 똑같이 되풀이할 수 있을까? 그 누가 차갑고 열정이 없는 말들을 이토록 낙원과 같은 아름다운 정신으로 승화시킬 수 있겠는가?

알베르트가 잠시 그녀의 말을 멈추게 했다네.

"사랑하는 로테, 너무 깊게 생각하면 건강에 좋지 않아요. 당신의 마음이 그러한 생각에 집중되고 있는 것은 잘 알고 있지만 그래도 로테……."

"오, 알베르트!"

그녀가 계속 말을 이었네.

"당신은 그날 저녁을 잊지 않으셨겠죠? 아버지께서 외출하시고 아이들이 모두 잠들었을 때 우리 둘이 둥근 테이블에 둘러앉아 있었던 그날을요. 당신은 종종 좋은 책을 갖고 오셨지만 거의 읽지 않으셨죠. 당신은 고귀한 존재에 대한 이야기를 나누는 것을 더 좋아하셨죠. 아름답고, 다정하고, 활동적인 어머니에 대해서 말이에요. 제가 매일 밤 침대에 엎드려 눈물을 흘리며 어머니를 닮게 해달라고 기도했던 것을 하느님은 아실 거예요."

"로테!"

나는 그녀 앞에 엎드려 그녀의 손을 잡고 끝없이 눈물을 흘리며 외쳤다네.

"하느님께서는 당신께 축복을 내리시고, 어머니의 영혼은 항상 당신 곁에 있을 겁니다."

"오! 당신이 어머니를 알았더라면."

그녀가 말했네. 내 손을 따뜻하게 꼭 잡으면서 말일세.

"어머니는 당신과 친하게 지내도 좋을 그런 분이셨어요."

나는 정신이 혼미해졌다네. 이토록 자랑스러운 칭찬은 들어본 적이 없으니 말이야. 그녀가 계속 말을 이었네.

"하지만 어머니께서는 한창 젊으실 때 돌아가셨어요. 막내가 겨우 6개월 됐을 때였죠. 어머니는 병으로 오래 앓진 않으셨어요. 차분하게 운명을 준비하셨죠. 하지만 아이들, 특히 막내 때문에 많은 걱정을 하셨어요. 돌아가시기 바로 전에 어머니께서는 저에게 아이들을 데려오라고 하셨고, 저는 아직 아무것도 모르는 철없는 어린아이들과 어리둥절해하는 큰아이들을 데리고 갔어요. 아이들은 침대 옆에 둘러앉았고, 어머니는 두 손을 높이 들어 올리시고 그들을 위해 기도하셨어요. 그러고 나서 아이들에게 차례로 키스해 주셨죠. 아이들을 내보낸 후 저에게 말씀하셨어요. '저 아이들의 엄마가 되어주렴!' 저는 어머니의 손을 꼭 잡았어요. '너는 힘든 약속을 한 거란다.' 어머니께서 말씀하셨어요. '너는 어머니의 마음과 어머니의 눈이 무엇인지 잘 알고 있단다. 나는 네가 눈물로 감사 기도를 올리는 것을 자주 보았지. 그러니 그 마음 그대로 동생들에게 보여주렴. 그리고 아버지 말씀에 잘 따르고 성실한 아내처럼 보살펴드려야 한단다. 아버지를 편안하게 해드리렴!' 어머니는 아버지에 대해 물으셨어요. 아버지께서는 견딜 수 없는 슬픔을 감추려 외출 중이셨어요. 아버지는 너무도 가슴 아파하고 계셨으니까요. 알베르트, 그때 당신은 방 안에 있었죠. 어머니께서 누군가가 다가오는 소리를 듣고 누구냐고 물으셨죠. 당신이 가까이 오기를 바라셨어요. 어머니는 우리 둘을 평온하고 만족스러운 눈빛으로 바라보셨어요. 그리고 우리가 행복할 거라고, 서로 함께 행복할 거라고 확신하는 듯하셨어요."

알베르트는 그녀의 목을 끌어안고 키스를 하며 외쳤다네.

"우리는 행복할 겁니다. 반드시 행복할 겁니다."

평소에는 매우 조용한 알베르트가 그 순간만큼은 평정심을 잃었다네. 나 또한 정신이 혼미해졌지.

"그런 분께서."

그녀가 말을 이었네.

"우리 곁을 떠나신 거예요, 베르테르! 이 세상에서 가장 사랑하는 사람을 떠나보내야 하는 것이 어떤 것인지 하느님은 아실까요? 그 누구도 그의 자식들만큼 뼈저리게 느끼진 못할 거예요. 어머니가 돌아가신 후에 아이들은 오랫동안 슬픔에 빠져 울었어요. 검은 옷을 입은 남자들이 사랑하는 엄마를 데려갔다면서 말이에요."

로테는 자리에서 일어났다네. 그러자 나는 정신이 들었고, 앉아 있는 채로 그녀의 손을 잡았네.

"이제 그만 가요."

그녀가 말했네.

"많이 늦었어요."

그녀는 내게서 손을 빼려고 했지만 나는 꼭 붙들고 놓아주지 않았네.

"우리는 다시 만나게 될 겁니다!"

나는 외쳤다네.

"우리는 어떤 상황에서도 서로를 다시 알아볼 수 있을 겁니다! 나는 떠납니다."

내가 계속 말을 이어갔네.

"나는 기꺼이 떠납니다. 하지만 이것이 영원한 이별이라면 견딜 수 없을 겁니다. 잘 있어요, 로테, 잘 있어요, 알베르트. 우리는 다시 만날 겁니다."

"네, 내일 말이죠."

그녀는 웃으며 대답했네.

내일! 이 얼마나 슬픈 말인가. 아! 하지만 그녀는 나에게서 손을 뺄 때까지도 전혀 눈치 채지 못하고 있었다네. 그들은 가로수길을 지나 걸어갔네. 나는 달빛 속에서 그들이 떠나는 모습을 멍하니 바라볼 뿐이었지. 나는 바닥에 엎드려 실컷 울었다네. 그리고 일어나 테라스로 달려갔다네. 저 멀리 보리수 그늘 아래서 그녀의 하얀 옷이 정원 문 쪽으로 사라지는 것을 보았네. 나는 두 팔을 뻗어보았지만 어느새 그녀는 사라지고 없었다네.

제2권

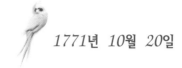
1771년 10월 20일

우리는 어제 이곳에 도착했네. 공사公使는 몸이 좋지 않아서 당분간은 외출을 하지 못한다는군. 그가 좀 더 온화하고 무던한 성격이었다면 모든 일이 잘될 텐데. 하늘은 나에게 혹독한 시련을 주시려나보군. 하지만 용기를 내야지! 마음을 비우면 모든 것을 이겨낼 수 있을 테니! 마음을 비운다니! 이런 말을 쓰면서도 나도 웃고 있다네. 내가 좀 더 밝은 성격이었다면 어쩌면 이 세상에서 가장 행복한 사람이 되었을지도 모르지.

하지만 나는 왜 내 능력과 재능에 절망해야 하는가? 다른 이들은 별 볼 일 없는 능력을 갖고도 내 앞에서 그렇게 뽐내며 돌아다니는데 말이야. 제게 모든 능력을 주신 자비로운 하느님, 왜 제게 주신 능력의 일부를 거두어가시고 대신 그 자리에 자신감과 만족감을 채워주지 않으셨습니까?

하지만 참아야 한다네! 모든 일이 잘 될 거야. 친구여, 자네가 옳았네. 다른 사람들과 지속적으로 만나면서 그들의 행동을 주시하고, 그들이 어떤 생활을 하는지 살펴보고 나니 이제 나는 나 자신에게 좀 더 만족할 수 있게 되었다네.

인간의 본성은 자신을 스스로와 비교하고, 또 자신을 다른 것들과 비교하게 되어 있다네. 그래서 우리의 행복과 불행은 확실히 우리 주변의 비교 대상에 달려 있는 것 같아. 이러한 관점에서 보면 인간에게 고독만큼 위험한 것도 없다네. 우리의 상상력은 문학의 환상적 이미지에 영향을 받으며 항상 더 높은 곳을 향하고 있지. 그리고 그 환상은 우리에게 열등감으로 다가온다네. 그래서 모든 것들이 자신의 실제 모습보다 훌륭해 보이며, 자기 자신보다 더 위대해 보인다네. 이러한 현상은 매우 자연스러운 것이네. 우리는 항상 스스로 부족하다고 느끼며, 우리가 갖고 있지 않은 것을 다른 사람들은 갖고 있다고 생각한다네. 그리고 그들에게 우리가 갖고 있는 것을 건네주며, 스스로 완벽해지고 행복하다는 생각에 사로잡히지. 하지만 이러한 것도 단지 우리 스스로가 만들어낸 환상일 뿐이라네. 우리가 아무리 나약해지고 힘이 들어도 열심히 그리고 꾸준히 정진한다면 비록 느릴지라도, 돛을 달고 노를 저어가는 사람들보다 더 멀리 나아갈 수 있는 것이네. 그리하여 우리는 다른 사람들과 비슷해지거나 아니면 그들보다 앞서 나감으로써 더 큰 만족을 느끼는 것이라네.

11월 26일

나는 이곳에서 그런대로 잘 지내고 있다네. 가장 마음에 드는 건 내가 만났던 수많은 사람들이네. 그들의 다양한 모습들은 나에게 여러 가지 즐거움을 준다네. 나는 C 백작이라는 분을 알게 되었는데, 시간이 지나면서 점점 더 그분을 존경하게 되었네. 그는 상당한 학식과 우수한 판단력을 지녔으면서도 전혀 냉정하지 않으며, 따뜻한 감성과 애정을 가진 분이라네. 그와는 일 때문에 만나게 되었는데, 나와 첫마디를 나누어보더니 우리가 서로 잘 통한다고 생각했는지 나에게 관심을 보이더군. 그래서 다른 사람들에게는 할 수 없는 이야기도 나와는 허물없이 할 수 있다고 생각하고 있는 것 같더군. 나를 대하는 그의 솔직하고 다정한 태도는 어떤 말로도 표현할 수 없다네. 우리에게 숨김없이 자신의 마음을 드러내는 위대한 사람의 모습을 지켜보는 것보다 더 따뜻하고 진실한 기쁨은 없을 것이네.

12월 24일

예상했던 대로 공사는 나를 괴롭힌다네. 그는 세상에서 제일 꽉막힌 답답한 사람이네. 모든 일을 하나하나 사소한 것까지도 간섭하는 시어머니 같다니까. 그리고 그는 즐거워할 줄 모르는 인간이네. 그는 결코 자기 자신에게 만족한 적이 없으니 말이야. 나는 일을 처리할 때 정확하고 신속하게 하는 편이고 그것을 다 끝내면 다시 검토하지 않는 성격이네. 하지만 그는 내가 제출한 문서를 계속 돌려보내며 "그 정도면 괜찮긴 하네. 하지만 다시 한 번 살펴보기를 바라네. 어쩌면 더 좋은 단어나 적절한 표현이 있을지도 모르니 말일세."라고 말한다네. 그러면 나는 모든 인내심을 잃고 화를 억누를 수 없게 된다네. 그는 '그리고'라는 접속사 하나도 절대 빠뜨려서는 안 된다고 하더군. 또 내가 자주 사용하는 도치법에 대해서도 불만인 모양이야. 그는 기존의 틀에서 벗어난 문장 구조를 보면 거기에 담긴 뜻은 하나도 이해 못 하는 인간인 것이지. 이런 사람과 같이 일을 해야 한다니 정말 괴로울 뿐이네.

C 백작만이 나에게 유일한 위안이 된다네. 그는 얼마 전에 나에게, 공사가 지나치게 꼼꼼하고 느리게 일을 처리해서 마음에 들지 않는다고 솔직하게 불만을 털어놓았네. 그런 사람들은 자기 자신뿐만 아니라 다른 사람에게도 걸림돌이 된다면서 말일세. 그가 덧붙였네.

"하지만 그것을 넘어서야 합니다. 산을 오르는 나그네처럼 말이죠. 그 산이 거기 없다면 가야 할 길은 더 쉬웠겠지만 그곳에 있기 때문에 그 산을 넘어갈 수밖에 없습니다."

늙은 공사 영감은 백작이 자신보다 나에게 호의를 갖고 있는 것을 알았는지, 화가 나서 기회가 있을 때마다 나에게 백작의 험담을 늘어놓더군. 당연히 나는 그의 말에 반박했고, 그것이 상황을 더욱 악화시켰다네.

어제 나는 공사 때문에 정말 화가 났네. 그는 이런 말을 하며 나를 자극하더군.

"백작은 능숙하게 모든 일처리를 잘하고 글도 잘 쓰는 훌륭한 사람이네. 하지만 다른 학자들이 그러하듯 기본 학식이 탄탄하지 못하다네."

그는 이런 말을 하며 나를 쳐다보았네. 마치 나도 무언가를 느끼기를 바라듯이 말일세. 하지만 그의 말은 나에게 어떤 자극도 되지 못했네. 나는 그런 방식으로 생각하고 행동하는 인간들을 경멸하니까. 나는 일어나서 단호하게 대답했네. 백작님은 그의 인품이나 학식의 모든 면에서 누구에게나 존경받는 분이라고 말이야. 그리고 이 말도 덧붙였다네.

"나는 백작님처럼 지식을 유용하게 활용하는 사람을 보지 못했습니다. 다방면의 지식을 갖고 그 지식의 영역을 넓혀가며 여러 곳에 활용하는 분을 말입니다."

이런 말을 그가 수긍할 리가 없겠지만 말일세. 그래서 나는 그의 터무니없는 말들로 기분이 더 나빠질까 봐 그 자리를 빠져나왔다네. 이 모든 것들은 자네들 잘못이네. 자네들이 나에게 이런 멍에를 씌우고 활동적으로 살라며 설득하지 않았던가. 차라리 밭에서 감자를 심고 옥수수를 시내에 내다 파는 사람들이 나보다 더 나을 것이네. 그렇지 않다면, 나는 지금 내가 묶여 있는 이 노예선에서 10년은 더 몸 바쳐서 일하겠네.

서로의 눈치를 살피며 겉모습만 번지르르한 비참하고도 지루한 이곳 사람들의 어리석은 모습이란! 출세에 대한 야망은 또 어떤가!

남보다 앞서 나가기 위해 혈안이 되어 얼마나 집착하고 있는가! 보잘것없고 경멸스러운 그들의 열정이란! 한 여인을 예로 들어보겠네.

그녀는 자신의 가족이나 재산에 대한 자랑을 쉴 새 없이 늘어놓으며 거기에서 즐거움을 느낀다네. 하지만 실상 그녀는 그저 이웃 마을 서기의 딸일 뿐이라네. 나는 이렇듯 아무렇지 않게 뻔뻔하게 자신을 드러내며 뽐내는 사람들을 도저히 이해할 수 없다네.

물론, 내 기준만으로 다른 사람을 판단하는 것은 어리석은 일이라는 것을 하루하루 느끼고 있지만 말이야. 나는 해결해야 할 많은 문제들이 있고, 내 마음은 끊임없이 요동치고 있으니 다른 이들이 나를 그냥 내버려둔다면 나도 그들이 무엇을 하든 상관하고 싶지 않다네.

나를 가장 불편하게 만드는 것은 사람들 사이의 서열이라네. 물론 이 불평등한 관계가 불가피하다는 것을 나도 잘 알고 있다네. 또 거기에서 나는 많은 이득을 얻는다는 것도 말이야. 하지만 이러한 관계가 이 땅에서 유일하게 누리고 있는 내 작은 행복을 망치지 않았으면 하는 바람이네.

나는 최근에 B라는 아가씨를 알게 되었는데, 각박한 생활 속에서도 자신의 본성을 잃지 않는 사랑스러운 여자라네. 처음 만나 대화를 나누었을 때 우리는 서로 잘 통한다고 느꼈다네. 그래서 헤어질 때 나는 그녀에게 그녀의 집을 조만간 방문해도 되겠느냐고 물었네. 그녀는 흔쾌히 허락했고, 나는 행복한 그날이 빨리 오기를 조급하게 기다렸네. 그녀는 이곳 출신은 아니었지만 그녀의 아주머니와 함께 살고 있었다네. 나이든 부인의 인상이 썩 좋진 않았지만, 나는 그녀에게 관심을 갖고 화제를 그녀에 관한 이야기로 돌렸다네. 반 시간도 채 되지 않아 나는 그녀를 파악할 수 있었네. 그녀의 조카딸이 나에게 알려준 몇 가지 사실을 통해서 말일세. 그 부인은 재산도 없고 특별한 기술도 없어서 꽤 괜찮은 집안 출신이라는 족보 외에는 내세울 것이 없는 사람이네. 2층 창가에서 고개를 내밀고 지나가는 시민들을 구경하는 것이 그녀의 유일한 즐거움이었지. 그녀는 젊었을 때 미모가 출중했는데, 그 덕분에 그럭저럭 잘 살았다고 하더군. 변덕이 심한 성격 탓에 가엾은 청년들이 그녀에게 이리저리 휘둘렸다고 하네. 그러다 나이가 들자 어느 나이 많은 장교와 함께 살았는데, 그 장교는 그녀에게 일정한 생활비를 지급하면서 사십 평생을 그녀와 함께 보냈다네. 그러다 그가 죽게 되었고, 오십대가 된 지금 그녀는 의지할 데 없이 혼자 살고 있다네. 그리고 그녀의 사랑스러운 조카딸이 아니었으면 아무도 그녀를 돌봐주지 않았을 거라고 하더군.

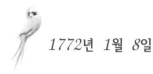

1772년 1월 8일

　이곳 사람들은 그저 격식과 체면을 차리느라 정신이 팔려 있다네. 한 단계라도 더 높이 올라가기 위해 몇 년이 걸린다 해도 자신의 모든 힘을 쏟으며 상석을 차지할 생각만 하고 있다네. 그들에게는 정작 해야 할 중요한 일이 많이 있는데, 이런 사소한 것들에만 온갖 신경을 곤두세우고 있지 않은가. 지난주에는 썰매를 타러 갔는데 한바탕 소동이 벌어지는 바람에 그날의 분위기는 완전히 망쳐버렸다네.

　진정으로 중요한 것은 지위가 아니라는 것을 어리석은 자들은 알지 못한다네. 상석에 앉은 사람도 정작 중요한 역할을 하지 못하는 경우도 많지 않은가. 얼마나 많은 왕들이 그들의 장관들에게, 또 장관들은 그들의 비서들에게 휘둘리고 있는가! 이러한 경우 누가 진정한 상관이라 할 수 있겠는가? 내 생각은 이러하다네. 진정한 상관은 다른 사람들을 주의 깊게 살펴본 후, 그들의 힘과 열정을 자신의 계획을 실행하는데 이용할 수 있는 힘과 기술을 갖고 있는 사람이라고 말이야.

1월 20일

사랑하는 로테.

나는 지금 거세게 몰아치는 폭풍우를 피하기 위해 들른 시골의 작은 여관에서 당신께 이 편지를 쓰고 있습니다. 낯선 사람들 속을 부대끼며 돌아다니느라 우울했던 D 마을에서는 당신에게 편지를 쓸 여유조차 없었습니다. 하지만 눈보라가 치고 우박이 떨어지는 이 작고 외딴 오두막에 들어서니 제일 먼저 당신 생각이 납니다.

이곳에 들어서자 당신과 함께했던 추억이 떠오르는군요! 오, 로테, 성스럽고 따뜻한 기억들이여! 당신을 처음 만났던 행복한 그 순간이 다시 떠오릅니다!

사랑하는 로테, 상실감에 빠져 야윈 내 모습을 보면 당신은 뭐라고 할까요. 내 모든 감성은 메말라버렸습니다. 마음이 충만했던 적은 단 한순간도 없으며, 작은 행복조차도 느낄 수 없습니다. 모든 것이 허망하고 그 어떤 것에도 감흥이 없습니다.

나는 마치 작은 사람들과 작은 말들이 바쁘게 움직이는 요지경 속을 들여다보고 있는 것 같습니다. 혹시나 그것이 착시 현상은 아닐까 자문하기도 합니다. 나도 이 놀이를 함께 즐기려 했지만, 그럴 때마다 나도 그들처럼 누군가의 조종을 받는 꼭두각시가 된 듯한 착각이 들기도 합니다. 때때로 나는 내 옆 사람의 나무로 된 손을 잡고서는 깜짝 놀라 뒤로 물러서기도 합니다.

밤이 되면, 내일 아침에 뜨는 태양을 보겠노라고 다짐하지만 아침이 되면 일어날 수가 없습니다. 또 낮에는, 밤이 되면 달빛을 감상하겠노라 다짐하지만 막상 밤이 되면 집안에만 틀어박혀 있습니다. 나는 내가 왜 일어나야 하는지 왜 잠을 자야 하는지도 모르겠습니다.

아마도 그것은 내 삶을 발효시켜주었던 효모가 없어졌기 때문일 겁니다. 그 기운은 깊은 밤에도 정신을 맑게 해주었고, 아침이 오면 나를 깨워주었습니다. 하지만 이젠 모두 사라져버렸습니다.

나는 이곳에서 유일하게 나를 즐겁게 해주는 사람을 찾았습니다. 그녀는 B라는 아가씨입니다. 그녀는 사랑하는 로테, 당신을 닮았습니다. 당신을 닮은 누군가가 이 세상에 존재하는 것이 가능하다면 말입니다. 당신은 이렇게 말하겠죠.

"어머! 어쩌면 그렇게 입에 발린 칭찬을 잘하세요!"

그것도 일리가 있는 말입니다. 최근에 나는 어쩔 수 없이 상냥한 태도를 보여야만 했습니다. 그럴 때면 여자들은, 나처럼 그렇게 멋있게 칭찬을 하는 사람도 없다고 말하더군요. 만약 당신이었다면 거짓말도 잘한다고 덧붙였겠지요. 칭찬을 늘어놓기 위해서는 어느 정도의 거짓말은 피할 수가 없으니까요.

나는 당신에게 B라는 아가씨에 대해 이야기하고 싶습니다. 그녀의 감성이 풍부하다는 것은 깊고 푸른 눈을 보면 알 수 있습니다. 그녀는 원하는 소망을 충족시키지 못하는 자신의 신분 때문에 괴로워하며, 각박한 세상살이에서 벗어나고 싶어 합니다. 그래서 우리는 종종 멀리 떨어진 시골에서 순수한 행복을 누리는 삶을 오랜 시간 동안 꿈꾸곤 한답니다. 아, 그리고 우리는 당신의 이야기를 합니다. 그녀가 당신에 대해 알게 된 후부터 그녀는 당신에 대한 찬사를 늘어놓고 있습니다. 그녀는 마음에서 우러나오는 진심 어린 찬사를 하며, 당신을 사랑하고, 당신에 대한 이야기를 듣는 것을 좋아합니다.

아, 아늑한 방에서 사랑스러운 아이들에게 둘러싸여 함께 놀며 당신의 발치에 앉아 있을 수만 있다면. 만약 아이들이 당신을 귀찮게 한다면 나는 그들에게 무서운 이야기를 들려줄 텐데. 그러면 아이들은 내 주위에 모여들어 조용히 집중할 텐데.

온 세상을 뒤덮은 하얀 눈을 등지고 태양은 찬란하게 지고 있습니다. 폭풍우도 멎었으니 이제 나는 내 스스로를 가둔 새장 속으로 돌아가야 합니다. 잘 있어요! 알베르트는 지금 당신과 함께 있습니까? 그리고 어떻게 지내는지요? 이런 질문을 하는 저를 용서해 주십시오.

 일주일 내내 좋지 않은 날씨가 계속되고 있지만 오늘은 그중 가장 고약한 날씨를 보이고 있다네. 하지만 이것이 오히려 나를 즐겁게 한다네. 이곳에 머무는 동안 햇빛이 좋은 화창한 날에는 꼭 누군가가 내 심기를 건드렸으니 말일세. 비가 세차게 내리거나, 눈보라가 친다거나, 날이 추워서 꽁꽁 얼어붙는다든지, 혹은 눈이 녹는 날에는 '차라리 잘됐군! 이런 날씨에는 외출을 하는 것보다 집에 있는 것도 나쁘진 않아.' 라고 생각한다네. 그리고 밝은 해가 떠오르는 아침이 오면, 그날은 화창한 날이 될 거라 생각하면서도 이렇게 외친다네.

 "이것은 하늘에서 내리는 선물이군. 하지만 그들은 오늘도 분명 무언가를 빼앗으려고 서로 난투극을 벌이겠지!"

 그들은 서로에게서 모든 것을 빼앗기 위해 싸운다네. 건강과 명성, 행복과 휴식 등을 위해서 말이네. 그런 행동들은 일반적으로 어리석음과 편협한 마음에서 비롯되는 것이지만, 그들은 항상 호의를 갖고 그렇게 한 것이라고 말하고 있다네. 나는 때때로 그들 앞에 무릎을 꿇고, 서로를 더 이상 파멸시키지 말라고 애원하고 싶다네.

2월 17일

공사와 나의 관계는 더 이상 유지될 수 없을 것 같네. 그는 정말로 참을 수 없는 인간이네. 그가 일을 처리하는 방식을 보면 너무 우스워서, 나는 종종 그에게 이의를 제기하며 내 의지대로 업무를 처리한다네. 그럴 때면 그는 매우 불쾌하겠지.

최근에 그는 나에 대한 불만을 궁정에 알렸다네. 그래서 장관은 그 일로 나를 문책했지. 심각한 수준은 아니었지만 그래도 문책이었으니까. 나는 그 일로 사직서를 제출하려고 했었네. 그런데 그때 장관에게서 사적인 편지 한 통을 받았다네.(이 훌륭한 분을 존경하는 마음에서 이 편지와 후에 언급하게 될 편지는 이 책에 수록하지 않기로 했습니다. 아무리 독자들이 따뜻한 감사의 마음을 지녔다고 할지라도 이처럼 경우에 어긋나는 행동은 용서받지 못할 것이기 때문입니다.)

그 편지를 읽고 나는 숭고하고 관대한 그의 성품에 존경심을 가질 수밖에 없었네. 장관은 지나치게 예민한 나의 감수성을 조절할 필요가 있다고 훈계하는 한편, 근면함과 인간관계 그리고 확실한 업무 처리 등에 관한 나의 과격한 이념을 젊은 청년의 기개라고 존중하면서 말일세. 하지만 넘치는 나의 감수성을 없애려 하지 말고 적절하게 조절해서 적재적소에 활용하면 좋은 결과가 있을 거라고 말했다네. 그래서 나는 지금 일주일째 휴식기를 갖고 있으며 더 이상 혼란스럽지 않다네.

마음이 평온하다는 것은 정말 소중한 것이며 그 자체가 기쁨이라네. 친구여, 이렇게 아름답고 귀한 보석들이 쉽게 부서지지 않는다면 얼마나 좋겠는가.

2월 20일

사랑하는 친구들이여, 신의 은총이 함께하기를. 그리고 신이 나에게서 거두어간 행복을 그대들에게 선사해 주시길! 알베르트, 당신이 나를 속인 것을 오히려 감사해야겠소. 나는 당신의 결혼 소식을 기다리고 있었다오. 그리고 그날이 오면 엄숙하게 로테의 실루엣을 벽에서 떼어내고, 그것을 다른 서류들 틈에 끼워두려고 했지요. 그런데 당신들이 결혼하여 한 쌍의 부부가 되었는데도 그녀의 그림은 여전히 이곳에 걸려 있소! 아마도 계속 그렇게 있을 것이오! 그렇게 걸어두는 것도 나쁘진 않을 것 같소! 그렇게 하면 나는 여전히 당신들과 함께 있는 것이고, 또 당신에게 상처를 주지 않고 그녀 마음속에 자리를 잡는 것이오. 그렇게 되면 나는 그녀 마음속에서 두 번째 자리를 차지하는 것이지요. 나는 그 자리에 계속 있을 것이고 또 그래야만 될 것 같소. 오, 만일 그녀가 나를 잊는다면 나는 정말 미쳐버릴 것이오! 알베르트, 그런 생각만으로도 지옥이라오! 알베르트, 잘 있어요! 하늘의 천사, 로테, 안녕!

나는 정말로 불쾌한 일을 겪었다네. 그래서 이곳을 떠날 생각이네. 생각만 해도 분통이 터져 이가 갈릴 지경이네! 젠장! 이렇게된 것은 다 자네들의 책임이네. 자네들이 나를 부추기고 원치도 않던 이 자리에서 일하도록 만들지 않았는가. 예상대로 모든 일은다 끝나버렸네. 나도, 당신들도 모두 말이야! 내 급한 성격 탓에일을 망쳐버린 거라는 말을 다시는 꺼내지 못하도록 사랑하는 친구여, 그날 있었던 일을 솔직하고 간결하게 마치 연대기처럼 이야기해 보겠네.

C 백작이 나를 아끼고 특별하게 대하는 것을 이미 자네에게 수차례 언급했으니 잘 알고 있겠지. 어제 나는 그분의 만찬에 초대를받았네. 그날 저녁, 백작님 댁에서 귀족들의 모임이 있었다네. 나는 그런 부류의 사람들이 올 거라고는 전혀 생각지 못했고, 또 우리 같은 하급 공무원들이 그 속에 어울릴 수 없다는 생각조차도 하지 못했다네. 어쨌든 나는 백작과 함께 저녁 식사를 했고, 식사 후에 우리는 홀을 거닐었다네. 우리는 함께 이리저리 거닐며 이야기를 나누었고, 후에 B 대령이 합류해 함께 이야기를 나누었다네. 그러는 동안 모임의 시간은 다가왔지. 하지만 나는 그것을 전혀 눈치채지 못했네. 그때 굉장히 교양 있는 척하는 S 부인이, 그녀의 남편과 더불어 납작한 가슴을 코르셋으로 바짝 죈 거위 새끼 같은 딸

과 함께 들어왔다네. 그들은 조상대대로 물려받은 듯한 거만한 표정으로 코를 찡긋거리며 내 옆을 지나갔다네. 나는 진심으로 이런 부류의 인간들을 싫어하기에 그 자리를 떠날 생각이었네. 오로지 백작이 실없이 늘어놓는 이야기에서 벗어나기만을 기다렸지.

내가 막 떠나려고 할 때 B 양이 안으로 들어왔다네. 나는 그녀를 만날 때면 항상 즐거웠기 때문에 좀 더 그곳에 머물며 그녀와 이야기를 하고 싶었네. 그래서 그녀의 의자 뒤에 가서 서 있었지. 얼마 후에 알아챈 사실이었지만 그녀는 조금 혼란스러워했고, 나에게 대하는 태도가 평소 그녀의 모습이 아니었기에 나는 충격을 받았다네. '그녀 역시 다른 사람과 마찬가지구나!' 라는 생각에 나는 몹시 화가 나서 그 자리를 떠나려고 했네. 하지만 그럼에도 불구하고 그녀가 그럴 수밖에 없었던 이유를 듣고 싶었고, 그럴 의도가 전혀 없었을 거라 생각하며 다정한 그녀의 반응을 기대하고 있었네.

그러는 동안 나머지 손님들이 도착했다네. 프란츠 1세의 대관식 때부터 전해오는 의상을 입은 F 남작, 귀머거리 부인과 함께 온, 직책상 귀족과 대등한 대우를 받는 궁정의 고문관 R, 그 외에 닳아빠진 고대 프랑켄풍 의상을 최신 유행하는 천으로 수선한 초라한 옷차림을 한 J 등 이런 부류의 사람들이 몰려왔다네. 나는 안면이 있는 몇몇 사람들과 이야기를 나누었는데, 이상하게도 그들은 모두 말을 아끼는 듯했다네. 나는 오로지 B 양에게만 신경을 썼기 때문에, 여자들 몇몇이 홀 안 구석에서 수군거릴 때까지 아무것도 눈치 채지 못했다네. 여자들이 수군대던 그 이야기는 남자들에게까지 전해졌고, S 부인이 백작에게 그 이야기를 전했다네.(이 모든 것은 B 양에게서 들은 이야기네.)

마침내 백작이 다가오더니 나를 창가로 데리고 갔다네.

"당신도 이미 이상한 우리 모임의 관례를 알고 있겠지만."

그가 말했네.

"당신이 이곳에 온 것을 다른 사람들이 좀 불편해하는 것 같습니다. 물론 나는……."

"백작님."

내가 그의 말을 가로막았네.

"정말로 죄송합니다. 진작 알아차렸어야 했는데 저의 부주의함을 용서하십시오. 아까부터 가려고 했으나 무언가에 붙들려서 떠나질 못했습니다."

나는 웃으며 그렇게 덧붙여 말했고, 그에게 허리를 굽혀 인사했네. 그때 백작은 내 손을 꼭 잡아주었는데 거기에는 그의 모든 마음이 담겨 있었네.

나는 즉시 그 대단한 모임에서 빠져나와 마차를 타고 M으로 향했네. 그곳 언덕 위에서 해가 지는 모습을 바라보며 호메로스의 책을 읽었다네. 그리고 거기에서 정말 아름다운 구절을 발견했다네. 그것은 오디세우스가 돼지 목동들에게 환대를 받는 장면이었지. 그 대목은 정말 멋졌고 나를 정말로 기쁘게 했다네.

나는 저녁 식사를 하기 위해 식당으로 돌아왔네. 그곳에는 아직도 몇몇 사람들이 남아 있었네. 그들은 한쪽 구석에서 식탁보를 뒤집어놓고 주사위 놀이를 하고 있었네. 그때 성품이 훌륭한 아델린이 들어왔네. 그는 모자를 벗어놓고 나를 쳐다보더니 다가와서 낮은 목소리로 말했네.

"불쾌한 일을 겪으셨다면서요?"

"내가 말인가요?"

내가 말했네.

"백작이 모임에서 당신을 쫓아냈다고 하던데요."

"그런 모임은 정말이지 지겹다고요!"

내가 말했네.

"밖에 나와 바람을 쐬니 한결 기분이 좋아지더군요."

"다행이네요!"

그가 말했네.

"별로 대수롭지 않게 생각하시니 다행이네요. 하지만 벌써 멀리까지 소문이 퍼졌으니 나는 정말로 불쾌합니다."

나는 그 말을 듣고 나서부터 화가 나기 시작했네. 내가 식사를 하러 들어왔을 때, 모든 사람들이 나를 쳐다본 이유가 그 일 때문이라고 생각하니 나는 너무도 울화가 치밀었네.

게다가 오늘은 내가 가는 곳마다 나를 가엾게 여기는 소리가 들리더군. 그리고 나를 싫어하던 그들은 신이 나서, "머리가 좀 좋다고 자만에 가득 차서 형식이나 관습은 무시하고 건방지게 굴더니 저 꼬락서니 좀 보게."라고 말했지. 그리고 입에 올리기도 거북한 험담까지 하고 있으니, 차라리 나는 내 가슴을 칼로 찌르고 싶은 심정이었다네.

남들이 뭐라고 하든, 남의 약점을 잡고 떠들어대는 못된 인간들의 비난을 의연하게 견뎌낼 수 있는 사람이 있다면 한 번 만나보고 싶네. 그들의 이야기가 아무 근거도 없는 허무맹랑한 소리라면 그냥 흘려들을 수도 있겠지만 말이야.

3월 16일

나는 모든 것들에 쫓기듯 초조하다네. 오늘 가로수길에서 B 양을 만났는데 그녀에게 말을 걸고 싶어서 참을 수가 없었네. 그녀가 일행들과 조금 떨어져 있었을 때, 나는 그녀의 태도가 변한 것에 대한 불만을 이야기했네.

"오, 베르테르!"

그녀는 약간 감정이 격해져서 말했네.

"제 마음을 잘 아시면서 어떻게 제가 당황한 것을 그렇게 받아들일 수 있으세요? 홀 안에 들어섰을 때부터 당신 때문에 얼마나 괴로웠는지 몰라요. 저는 모든 일들을 예상하고 있었어요. 그것을 수백 번 선생님께 말씀드리려 했었지요. S 부인과 T 부인이 당신과 함께 있는 것보다 차라리 남편과 함께 밖으로 나가고 싶어 했던 것도, 또 백작은 그들과의 관계를 깨고 싶어 하지 않는다는 것도 잘 알고 있었어요. 그리고 그렇게 소란이 벌어지니!"

"그게 무슨 말이죠?"

나는 놀란 마음을 숨기며 소리쳤네. 그 순간, 엊그제 아델린이 나에게 했던 모든 이야기들이 펄펄 끓는 물처럼 내 혈관 속으로 밀려들어왔다네.

"오, 저는 그때부터 너무 괴로웠어요!"

이렇게 말하는 상냥한 그녀의 눈에는 눈물이 가득 고였다네. 나는 내 자신을 제어할 수 없어서 그녀의 발치에 몸을 던지고 싶었다네.

"무슨 말인지 자세히 설명해 봐요!"

나는 외쳤네. 눈물이 그녀의 뺨을 타고 흘러내리고 있었네. 나는 정신이 혼미해졌다네. 그녀는 눈물을 감추려 하지 않고 닦으면서 말했네.

"제 아주머니를 아시지요? 아주머니도 그곳에서 모든 일을 목격하셨는데 당신을 어떻게 보셨는지 아세요? 베르테르, 저는 어젯밤부터 오늘 아침까지 선생님과 만나는 것에 대해서 설교를 들어야만 했어요. 또한 당신을 모욕하고 비난하는 것을 그저 듣고 있을 수밖에 없었어요. 나는 당신을 변호할 수도 없었고, 그렇게 하도록 허락하지도 않으셨어요."

그녀의 한 마디 한 마디가 비수가 되어 내 가슴을 파고들었네. 나에게 모든 것을 감추는 것이 오히려 자비로운 일이라는 것을 그녀는 모르고 있는 것 같았네. 게다가 그녀는 앞으로 상황은 더 나빠질 수도 있으며, 어떤 사람들은 신이 나서 떠들어댈 거라는 말도 하더군. 또한 나의 거만한 태도에 대해서는 오래전부터 비난을 받아왔으며, 이제야 그 벌을 받게 되어 그들이 무척 좋아하고 있다는 이야기도 덧붙였다네.

빌헬름, 나는 그녀의 진심 어린 동정의 목소리를 듣고 온몸의 기운이 빠져버렸다네. 내 마음은 아직까지도 몹시 분노하고 있다네. 차라리 이 일에 대해 비난을 퍼붓는 누군가를 직접 만난다면 좋겠네. 그렇게 되면 그의 가슴에 칼을 꽂을 수도 있을 것 같은데. 피를 보면 나의 분노도 좀 가라앉을 테지. 나는 수백 번이나, 칼을 움켜쥐고 답답한 내 가슴을 뚫어 후련해지고 싶다는 생각을 했다네.

고귀한 혈통을 가진 말들이, 너무 많이 달려서 흥분이 되고 녹초가 되면 좀 더 편하게 숨을 쉬기 위해 본능적으로 자신의 혈관을 물어뜯는다는 이야기가 있네. 나도 내 혈관을 물어뜯고 영원한 자유를 느끼고 싶다네.

3월 24일

나는 궁정에 사직서를 제출했네. 나는 그것이 수락되기를 바라고 있네. 그리고 이러한 일들을 미리 자네와 상의하지 않은 것을 용서하게. 나는 이곳을 떠나야만 할 것 같네. 그리고 자네들이 나를 이곳에 더 머물도록 권유할 거라는 것도 잘 알고 있네. 이 소식을 어머니께는 잘 말씀드려 주게. 나는 내 스스로 아무것도 할 수 없다네. 그러니 내가 다른 이들을 어찌 보살필 수 있겠는가? 어머니께서는 슬퍼하실 테지. 추밀원 고문관이나 공사가 되려고 했던 아들의 행보가 중단되어, 전진하지 못하고 오히려 퇴보하고 있으니 말일세. 어쨌든 자네들이 좋을 대로 생각하고, 여러 이유를 종합하면 내가 이곳에 남을 수도 있었다든가 하는 이야기를 한다 해도 상관없네. 어쨌든 나는 떠날 테니까. 하지만 내가 어디로 가는지 자네들이 모를 테니 알려주겠네. ○○ 공작이라는 분이 계신다네. 그분은 나와 알고 지내는 것을 꽤 즐거워하신다네. 그리고 내가 사임한다는 말을 듣고는 자신의 집으로 초대했다네. 봄 경치를 같이 즐기자고 말이야. 나는 그분의 말씀에 따르기로 했네. 우리는 서로 마음이 어느 정도 통하기 때문에 나는 모든 운을 맡기고 그분과 함께하기로 결심했다네.

4월 19일

자네가 보낸 두 통의 편지는 잘 받았네. 나는 궁정에서 사직서에 대한 회신이 올 때까지 답장을 보류하고 있었다네. 혹시라도 어머니께서 장관님께 부탁을 드려 내 계획이 무산될까 걱정이 된다네. 하지만 내 요청대로 사직서는 수리되었네. 나는 장관님께받은 편지를 공개하지는 않을 것이네. 그 내용을 공개하면 자네들은 슬퍼하며 이런저런 이야기를 늘어놓을 테니 말이야. 황태자께서는 나에게 퇴직금 명목으로 25두카텐(옛 유럽 금화의 이름－옮긴이)의 돈과 위로의 말씀을 보내주셨네. 나는 진심으로 감동을 받고 눈물이 났다네. 이제 지난번에 어머니께 부탁드렸던 돈은 필요없게 되었네.

5월 5일

나는 내일 이곳을 떠나네. 그리고 마침 내가 태어난 곳이 지나가는 길목에서 6마일 정도밖에 떨어져 있지 않아서 오랜만에 그곳에 들러볼 생각이네. 어린 시절 행복한 꿈을 떠올리며 말이야.나는 그 고장의 성문을 통해 들어갈 것이네. 아버지가 돌아가신후, 나는 어머니와 함께 그 문을 통해 성 밖으로 나왔고, 정든 그곳을 벗어나 지금은 견디기 힘든 이 도시에 틀어박혀 살고 있다네. 잘 있게, 친구여, 여행하면서 또 소식을 전하겠네.

5월 9일

　나는 순례자와 같은 경건한 마음으로 고향을 방문했네. 그곳에서 새로운 감회에 사로잡혔지. 시내에서 15분 정도 떨어진 S 마을로 향하는 길목에 커다란 보리수가 있는데, 나는 그곳에서 내렸고 마차는 먼저 보냈다네. 천천히 그곳을 거닐며, 새로운 마음으로 옛 추억을 떠올리며 좀 더 생생하게 회상하고 싶었기 때문이네. 어렸을 때 내 산책의 목적지이자 한계선이었던 그 지점, 이제 나는 그 나무 아래에 다시 섰다네. 그러고 보니 참 많이도 변했다는 것을 느낀다네. 아무것도 모르던 그 시절의 나는 그저 행복하기만 했었고, 미지의 세계를 동경하기도 했었지. 그 미지의 세계로 갈 수만 있다면, 그리워하며 바라던 내 마음을 채워줄 수 있는 많은 것들과 즐거움을 모두 얻을 수 있을 거라고 생각했네. 그런데 지금의 나는 이 넓은 세상으로 다시 돌아왔다네. 오, 나의 친구여, 그 많던 희망은 이제 모두 흩어져버리고, 수많은 계획도 무산되어버렸다네! 지금 내 눈앞에 보이는 것은, 어릴 때 그토록 수많은 소원을 빌던 산들뿐이네. 그 당시 나는 이곳에 앉아 아득히 먼 그 산들을 그리워하며 시간가는 줄도 몰랐었지. 내 눈에 비친 그 숲과 골짜기는 정겨워 보였고, 간절한 마음으로 정신이 혼미해질 정도로 넋을 잃고 바라보았지. 나는 얼마나 정든 그곳을 떠나기 싫었던지! 시내에 도착했을 때쯤 여전히 기억에서 선명한 낡은 별장들이 친근하게 다가와, 하나하나 살피며 눈길을 줄 수밖에 없었다네. 하지만 새로 지어진 집들과 개조된 집들, 또 달라진 여러 모습들에서 나는 실망하지 않을 수 없었네. 성문을 지나 시내로 들어오니, 내가 마치 예전의 나로 돌아간 듯한 기분이었네. 여보게 친구여, 자네에게 이런저런 시시콜콜한 이야기까지 다 하고 싶지는 않네. 나에게는 정말로 멋진 일들이 막상 이야기로 풀어놓으면 별 것 아닌 것이 될 테니까 말이야. 나는 멀리 떨어진 옛날 우리 집 옆에서 묵을 계획이네. 나는 그곳을 거닐며 잡화 상점 하나를 보았는데, 그곳은 어릴 때 무서운 할머니가 우리들을 가두었던 교실이었다네. 나는 동굴처럼 답답했던 그곳에서, 불안한 마음으로 눈물을 흘리며 견뎌냈던 그때의 답답하고도 괴로운 심정이 떠올랐다네. 한 걸음 한 걸음 떼어놓을 때마다 나는 묘한 기분이 들곤 했지. 고대 유적들을 보며 종교적 감상에 젖어 성지 순례를 하는 그들도, 나처럼 이렇게 여러 가지 감정에 휩싸이지는 않았을 것이며, 이토록 신성한 마음은 아니었을지도 모르네. 내 이야기를 모두 하려면 끝이 없겠지만 하나만 더 이야기해 보겠네.

나는 강을 사이에 둔 한 저택이 있는 곳에 가 보았네. 그곳은 한

때 내가 자주 걷던 길이네. 또한 어릴 때 납작한 돌멩이를 던져 물수제비를 뜨는 연습을 했던 곳이기도 하지. 그때의 나는 그곳에서 유유히 흐르는 물길을 바라보며, 묘한 감정에 사로잡히기도 했었지. 그 물길이 지나가는 여러 나라들은 얼마나 신비로운 곳일까 하는 상상을 하면서! 내 상상의 한계는 무한했고 계속 앞서 나갔다네. 그런 생각을 하면서, 나는 보이지 않는 아득히 먼 곳을 방황하다가 결국에는 정신을 잃기도 했다네. 친구여, 우리의 선조들은 그렇게 한정된 지식을 갖고, 좁은 세계 속에 살면서도 그토록 행복할 수 있었던 것이네! 그들의 감정과 문학은 그토록 순수하지 않았던가! 언젠가 오디세우스가 끝없이 펼쳐진 바다와 무한한 대지에 대한 이야기를 했을 때도, 그것은 진정성이 있고 인간적이며 은근하고 신비로웠네. 지금 내가 어린아이들과 함께 지구는 둥글다고 말한다고 해도 아무 소용이 없을 테지. 이 대지 위에서 인간이 행복하기 위해서는 어느 정도의 흙만 있으면 된다네. 그리고 이 대지 아래에서 잠들기 위해서는 더 적은 양의 흙만으로도 충분하다네.

나는 지금 공작님 댁의 수렵 별장에 와 있다네. 그분과는 잘 지낼 수 있을 것 같네. 그분의 진실하고도 소탈한 성격 덕분이지. 공작님 주변에는 좀 이상한 사람들도 있는데, 그들의 실체에 대해서는 아직 알 수가 없다네. 나쁜 사람은 아닌 것 같지만 괜찮은 사람도 아닌 것 같다는 생각이 든다네. 한 가지 안타까운 것은, 공작님

께선 다른 사람한테 들은 이야기를 그 사람의 관점 그대로 전한다
는 것이네. 그 이야기도 누군가에게서 들었거나 혹은 누군가의 글
을 읽고서 전해진 이야기일 뿐인데 말이야.

　또 그분은 내 지식과 능력을 내 마음보다 더 높이 평가하고 있는
것 같네. 그러나 내 마음은 내가 가진 유일한 자랑이며, 모든 것의
시작이자 모든 힘과 행복, 그리고 불행의 원인이기도 하다네.

　아, 내가 아는 지식은 누구나 다 알고 있는 것이지만 내 마음은
유일한 나만의 것이라네.

5월 25일

　내 머릿속에 계획이 하나 있었는데, 그것이 성사될 때까지 누구
에게도 말하지 않으려 했네. 하지만 지금 그 계획은 수포로 돌아
갔으니 이제는 이야기해도 될 것 같네. 나는 참전하려고 했었네.
그것은 오랫동안 생각했던 계획이네. 공작과 함께 이곳에 온 이유
도 실은 그 때문이지. 그는 이 지역의 장군이시네. 나는 그와 함께
산책을 하며 내 계획에 대해 말씀드렸지. 하지만 그는 반대를 했
다네. 내 진심은 어쩌면 정열이라기보다는 변덕이었는지도 모르
겠네. 만약 그것이 정열이었다면 그의 이야기를 그렇게 귀담아 듣
진 않았을 테니 말일세.

자네가 무슨 말을 하든지 나는 더 이상 이곳에 있고 싶지 않네. 내가 왜 여기에 있어야 하는가? 시간은 느리고 지루하게 흐를 뿐이네. 공작은 나에게 잘해 주고 있지만, 그것은 내가 원하는 편안함은 아니라네. 우리 둘 사이엔 아무런 공통점이 없네. 그는 박식한 사람이지만 그가 가진 것은 지극히 평범한 종류의 박식함이네. 그와의 대화는 나에게 잘 쓰인 책이 주는 것 이상의 감흥을 주지 못한다네. 나는 일주일 정도만 더 머무를 생각이네. 그리고 다시 내 길을 찾아 떠나려 하네. 이곳에 온 이후로 나는 가장 멋진 그림을 그리게 되었네. 공작은 예술에 대해서도 감각이 있는 편이네. 만일 그가 지극히 학문적이고 일반적인 학술에 사로잡히지만 않았어도 그의 예술 감각은 지금보다 더 좋아졌을 것이네. 나는 종종 자제력을 잃을 때가 있다네. 내가 상상력을 동원하여 예술과 자연에 대한 감상을 표현하려고 할 때, 그는 학술적인 예술 용어들을 남발하며 나를 방해한다네.

6월 16일

세상을 떠도는 보잘것없는 순례자처럼 나는 다시 방랑자가 되었다네. 자네들은 그 이상의 존재라고 말할 수 있는가!

6월 18일

내가 어디로 가느냐고 물었던가? 자네에게만 조용히 말해 주겠네. 아무래도 이곳에 2주 정도 더 머물러야 할 것 같네. 그러고 나면 나는 ○○의 광산을 방문할 계획이네. 하지만 그것은 그저 핑계일 뿐이지. 실은 다시 로테 곁으로 가고 싶은 것이네. 그게 전부라네. 나는 그런 내 마음을 비웃으면서도 그대로 따르고 있다네.

6월 29일

아니, 괜찮네. 모든 것이 괜찮다네! 내가 만약 그녀의 남편이라면! 오, 신이시여 저를 만들어주신 당신께서 그 기쁨마저 제게 주셨다면, 저는 평생 하루도 빠짐없이 감사 기도를 드렸을 것입니다. 그렇다고 당신께 항의하는 것은 아닙니다. 이렇게 실의에 빠져 눈물 흘리는 저를 용서하십시오. 저의 무모한 이 소원을 용서하십시오! 그녀가 제 아내였다면! 내가 가장 사랑하는 그녀를 내 품에 안을 수 있었다면…… 빌헬름, 알베르트가 가녀린 그녀를 안고 있다는 상상만으로도 나는 몸서리칠 지경이네.

이런 말을 해도 되는지 모르겠지만 안 될 것도 없다는 생각이 드네. 빌헬름! 그녀가 나와 결혼했다면 더 행복하지 않았을까 하는 생각이 드네. 그래, 알베르트는 그녀 마음속에 있는 모든 소망을 전부 다 이뤄줄 수 있을 것 같지 않네. 그는 감성이 부족하다네. 그 부족함에 대한 해석은 마음대로 해도 되지만, 어떤 것을 보고 같은 느낌을 갖는 공감대라는 것이 그에게는 없네. 좋아하는 책을 함께 읽으며 나와 로테가 공감을 하는 그런 장면에서도, 또한 다른 이들도 감격하며 감탄하는 수많은 경우에도 그는 결코 공감하지 않는다네. 이보게, 빌헬름, 그래도 그는 진심으로 로테를 사랑하고 있다네. 그 정도의 사랑이면 보답을 받아도 될 테지!

나의 자제력을 잃게 만드는 누군가가 나를 찾아와 내 마음을 헤집어 놓고 갔다네. 나는 더 이상 눈물도 나오지 않고 그저 심란할 뿐이네. 잘 지내게, 사랑하는 친구여!

8월 4일

나만 이렇게 사는 것은 아닌 것 같네. 사람은 누구나 희망을 갖고 살지만 그 희망은 종종 무너지고 마는 것이지. 나는 보리수 근처에 사는 성품이 좋은, 그 아이들의 엄마를 찾아갔네. 큰아이가 달려오며 나를 반겨주었고 그 아이가 소리치는 바람에 그 아이의 엄마도 함께 달려왔다네. 그녀는 몹시 초췌해 보이더군.

"선생님, 어쩌면 좋아요. 한스가 죽었어요."

그녀의 첫마디는 이러했다네. 한스는 그녀의 막내아이였지. 나는 아무 말 없이 서 있었네.

"그리고 남편도."

그녀는 계속 말을 이어갔네.

"스위스에서 아무것도 얻지 못하고 돌아왔어요. 구걸을 해야 할 정도로 상황은 좋지 않았지만 다행히 마음씨 좋은 사람들이 도와주었대요. 하지만 도중에 열병에 걸렸다고 하더군요."

나는 아무 말도 하지 못했고 어린아이에게 약간의 돈을 주었네. 그녀는 과일이라도 좀 가져가라고 권했다네. 나는 그것을 받아들고 슬픈 추억이 되어버린 그곳을 떠나왔다네.

8월 21일

  내 마음은 하루에도 수십 번씩 변한다네. 아, 어쩌면 다시 잠깐 일지라도 내 인생의 한 줄기 광명이 찾아올 것 같은 예감이 들기도 한다네. 내가 이런 말을 하는 것은, 때때로 생각에 잠겨 있을 때, 무의식적으로 만일 알베르트가 죽게 되면 어떻게 될까 하는 생각을 하기 때문이네. 어쩌면 나는 그녀와, 분명 그녀는…… 이런 생각이 드는 것이네. 그런 생각은 계속 이어져 마음 깊은 곳까지 오게 되고, 곧 몸서리치며 달아나버리고 만다네.

  내가 로테를 무도회장에 데리고 가기 위해 마차를 타고 성문을 나와서 지나가던 길을 걸어갔다네. 그녀와 처음으로 함께 갔던 그 길이 얼마나 많이 변했는지 모른다네! 모든 것은 흘러가 버렸다네! 그때의 흔적은 말끔히 사라지고, 그때의 고동치던 감정도 남김없이 사라져버렸네. 마치 생전에 전성기를 누리며 호화로운 성을 쌓은 영주가 죽을 때가 되어 사랑하는 아들에게 모든 것을 물려주었는데, 나중에 혼령이 되어 다시 찾아와 모두 타버려 비참해진 자신의 성을 바라보고 있는 그런 기분이라네.

9월 3일

나는 때때로 이해가 되지 않는다네. 나는 이토록, 오로지, 그녀만을 진심을 다해 사랑하는데 그녀는 어떻게 다른 사람을 사랑할 수 있는지, 나 아닌 다른 사람을 사랑해도 되는 것인지 좀처럼 이해가 되지 않는다네. 나는 그녀 말고는 아무것도 모르며, 아무도 모른다네. 그리고 그녀 외에는 가진 것이 아무것도 없다네!

9월 4일

그래, 결국에는 그렇게 되는 것이겠지. 가을이 되니 나의 마음도, 내 주위의 모든 것들도 가을이 되어가고 있다네. '나'라는 나뭇잎은 누렇게 색이 바랬고, 주변의 잎들도 모두 떨어졌다네.

예전에 내가 이곳에 왔을 때, 어떤 농가의 젊은 하인에 대해서 이야기한 적이 있었지. 나는 이번에도 발하임에서 그의 소식이 궁금해서 여기저기 물어보았네. 그는 일하던 곳에서 쫓겨났는데, 그 후에 어떻게 되었는지는 알 수가 없다네. 그런데 어제 길을 가다가 나는 우연히 그를 보았다네. 그에게 먼저 말을 걸자 그는 자신의 처지에 대해 이런저런 이야기를 해주었고, 나는 그 이야기를 듣고 크게 감동을 받았다네. 자네도 그 이야기를 들으면 아마 내

심정을 이해할 것일세. 하지만 이 모든 이야기를 자네에게 해봤자 무슨 소용이 있을까? 왜 나는 불안하고 괴로운 일을 참으며 그대로 가슴속에 담아두지 못하는 것일까? 왜 나는 자네가 나에게 동정심을 느끼며 비난할 수 있게 만드는 것일까? 그래, 어쨌든 상관없네. 이것이 내 운명이라면!

내가 질문을 하자 그 청년은 약간 겁에 질린 듯한 침울한 표정으로 대답을 했다네. 하지만 곧 내가 어떤 사람인지를 파악한 듯 예전보다 더 솔직한 모습으로 자신의 잘못을 이야기했고, 지금 자신의 불행한 처지에 대해 한탄했다네. 그의 말이 어땠는지는 자네가 판단해 주게.

그는 옛 추억의 행복에 잠긴 듯 이런 고백을 했네. 자신의 여주인을 연모하는 감정은 하루하루 뜨거워져 나중에는 자신이 무슨 일을 했는지조차 분간이 되지 않았다고 하네. 그는 어느 쪽으로 고개를 향해야 하는지조차 잊었다고 하더군. 목에 무엇인가가 걸린 듯, 무엇을 먹을 수도 잠을 잘 수도 없었다네. 하지 말아야 할 일들을 했고, 해야 할 일은 무엇인지 잊어버렸다고 하더군. 그러던 어느 날, 그는 마치 귀신에 홀린 듯 그 여주인이 혼자 있는 2층 방으로 따라 올라갔다더군. 아니, 어쩌면 그가 끌림을 당했다고 하는 게 더 맞는 말일지도 모르겠네. 그는 자신의 부탁을 들어주지 않는 그녀를 힘으로 제압하며 그녀를 가지려고 했다네. 그는 왜 자신이 그랬는지 정말 모르겠다고 하더군. 그녀를 향한 그의 마음은 항상 진심이었고 신 앞에 맹세하지만, 자신은 단지 그녀와 결혼해서 행복하게 살고 싶은 마음뿐이었다고 하더군. 그 청년은 아직 할 이야기가 많은지 계속 이야기를 하다가, 잠시 말문이 막히는 듯 더듬거리며 말을 이었지. 마침내 그녀가 자신의 작은 선물을 받아주었고 또한 그녀 곁에 가까이 있는 것도 허락해 주었다며 그는 수줍게 고백했다네. 그는 이 이야기를 하면서 혹시라도 오해가 생길까 봐 몇 번이나 하던 말을 멈추고 부연 설명을 늘어놓았다네. 그가 그녀에 대해서 이렇게 말하는 건, 그녀를 비난하며 부정한 여자로 만들려고 한 것이 아니라는 말이었네. 또 자신은 그녀를 예전과 같은 마음으로 사랑하며 존경한다고 했지. 이 이야기를 들려주는 사람은 내가 처음이며, 모든 이야기는 자신이 제정신이라는 것을 나에게 확인시켜주고 싶어서 시작했다고 하더군.

친구여, 내가 예전에도 자네에게 자주 말했듯이, 자네가 그 청년의 모습을 그대로 볼 수 있으면 좋겠다는 생각을 한다네. 그의 운명에 내가 얼마나 공감하고 동정할 수밖에 없는지를 자네가 느낄 수 있도록, 그의 모습을 있는 그대로 전할 수만 있다면! 하지만 굳이 그럴 이유는 없을 테지. 자네는 누구보다 내 운명을 잘 알고 나에 대해서도 아주 잘 알고 있으니 말일세. 자네는 누구보다 잘 알고 있겠지. 내가 이토록 불행한 사람들에게 신경이 쓰이고 그 가엾은 청년에게 끌리는 이유를 말이야.

편지를 다시 읽어보니 이 청년에 대한 이야기의 결론이 무엇인지 말하는 것을 빠뜨렸더군. 하지만 자네는 쉽게 짐작할 수 있을 테지. 그 청년이 그녀를 제압하려는 순간, 그녀는 반항하며 그 청년을 밀쳤다네. 그리고 때마침 그녀의 오빠가 찾아왔지. 그녀의 오빠는 오래전부터 그 청년을 싫어했고, 그를 내쫓으려고 기회를 엿보고 있었다더군. 여동생이 재혼을 하게 되면 자신의 아이들이 물려받을 몫이 그만큼 줄어들 테니까. 여동생에게는 아이가 없었고, 그녀의 오빠는 그녀가 물려받을 재산이 자기 아이의 몫이 될 거라 믿고 있었지. 기회다 싶어서 그녀의 오빠는 그 청년을 집에서 내쫓았다네. 그리고 그녀의 오빠는 그 청년이 저지른 실수보다 더 부풀려서 말했기 때문에, 행여 그녀가 원하더라도 그 청년을 다시는 그녀의 집에 발도 못 붙이도록 만들어 놓았지. 후에 그녀의 집에는 새로운 하인이 들어왔는데, 그녀의 오빠는 그 하인과도 문제를 일으켜 그녀와 사이가 안 좋아졌다고 하더군. 그녀는 그 하인과 결혼할 거라는 소문이 있었는데, 그녀의 오빠는 절대 용납하지 않겠다고 확고한 의지를 보였다더군.

지금까지 내가 한 이야기는 절대 과장된 것이 아니며, 그렇다고 더 아름답게 포장한 것도 아니라네. 오히려 나는 조심하며 사실보다 조금 완곡하게 이야기한 것이네. 또 오래되고 상투적인 표현들을 사용해서 이야기했기에, 다듬어지지 않고 투박한 표현이 될 수밖에 없었다네. 이러한 사랑과 진실함, 그리고 열정은 새롭게 창작될 수 없다네. 그 자체로 이미 살아 숨 쉬는 것이기 때문이지.

우리는 무지하고 비인간적이라고 여기는 계급의 사람들과 더불어 가장 순수한 모습으로 살아가고 있다네. 하지만 교양 있는 사람들이란 대체 무엇인가. 아, 그들은 아무 쓸모도 없는 그저 정신이상자들이 아닐까. 나는 자네가 이 글을 경건하게 읽어주었으면 좋겠네. 이 편지를 쓰면서 내 마음은 침착하고 평온해졌다네.

이 편지가 평소에 흘려 쓰던 내 필체와는 다르다는 것을 알겠지. 친구여, 이 이야기의 주인공이 자네의 친구라고 생각하며 읽어주게. 예전의 내 모습도 이러했고, 앞으로도 그렇게 될지도 모르는 일이니 말이야. 하지만 나는 이 가엾고 불행한 청년만큼의 결단력이 없다네. 그와 비교할 수도 없을 만큼 나는 겁쟁이라네.

9월 5일

로테는 볼 일이 생겨 시골에 머물게 된 남편에게 간단히 편지를 썼다고 하네. 편지의 서론은 이렇다네. "진심으로 사랑하는 당신께, 가능한 한 빨리 돌아오세요. 당신이 오시기만을 기다리고 있어요."

그때 어떤 이가 찾아와서 알베르트가 일이 생겨서 좀 늦어질 거라는 말을 전해 주더군. 그래서 보내지 못한 그 편지를 그날 저녁에 보게 된 것이네. 나는 편지를 읽으며 미소를 지었네. 그녀는 내게 왜 웃느냐고 물어보았지.

"신은 우리에게 상상력을 주셨지요."

나는 소리쳤네.

"나는 이 편지를 당신이 내게 쓴 것이라고 상상해 보았습니다."

그러자 그녀가 갑자기 말을 멈추었다네. 아마도 내 대답에 신경을 쓰는 것 같았어. 나는 그저 침묵할 수밖에 없었다네.

9월 6일

힘든 결정이었지만, 나는 로테와 처음 춤을 추었을 때 입었던 소박한 푸른색 연미복을 벗어버리기로 마음먹었네. 이제는 너무 낡아서 초라해졌기 때문이네. 그래서 옷깃과 소매까지도 똑같이 새로 한 벌 맞추었지. 노란 조끼와 바지도 같이 말이네.

왜 그런 것인지는 잘 모르겠지만, 썩 마음에 들지는 않다네. 어쩌면 이 옷도 시간이 흐르면 마음에 들지도 모르지.

　로테는 알베르트를 마중하기 위해 며칠 동안 여행을 떠났네. 나는 오늘 그녀의 집에 갔었는데, 방 안으로 들어설 때 그녀와 마주쳤다네. 나는 기쁜 마음으로 그녀의 손등에 키스를 했지. 그때 거울 쪽에서 카나리아가 날아와 그녀의 어깨에 앉았어.

　"새로운 친구예요."

　그녀는 그렇게 말하며 카나리아를 자신의 손 위에 앉혀 놓았네.

　"아이들한테 선물하려고요. 정말 귀여워요! 보세요! 빵을 주면 이렇게 날개를 퍼덕이며 조심스럽게 부리로 쪼아대요. 그리고 저와 입도 맞춘답니다! 이것 좀 보세요!"

　그녀가 카나리아를 향해 입술을 내밀자, 카나리아는 귀여운 모습으로 그녀의 사랑스러운 입술에 부리를 갖다 대었네. 지금 자신이 얼마나 큰 행복을 누리고 있는지 알기라도 하는 것처럼 말이야.

　"당신께도 키스하도록 시켜볼게요."

　그녀가 말했네. 그리고 카나리아를 내게 넘겨주었지. 로테의 입술에 닿았던 그 작은 부리가 이제 내 입술로 옮겨왔다네. 내 입술을 쪼아대던 그 느낌은 사랑으로 가득 찬 기쁨과도 같았지.

　"이 새의 키스는."

　내가 말했네.

　"무엇인가를 바라는 것 같아요. 마치 먹이를 찾으려고 했는데 막상 먹이는 찾지 못하고 애무만 당해서 불만인 것처럼요."

"제가 입으로 먹이를 줘도 잘 받아먹어요."

그녀는 빵 조각을 입에 물고 새에게 먹여주었네. 그녀의 입술은 순수한 사랑의 기쁨에 가득 차 미소 짓고 있었네.

나는 고개를 돌려 그것을 보지 않았네. 그녀는 그러지 말았어야 했어. 천사 같은 순수함과 행복이 넘치는 그녀의 모습은 나의 상상력을 자극했고, 삶에 대한 무기력함 때문에 잠들어 있던 나를 깨어나게 했다네. 그녀는 그러지 말았어야 했어! 하지만 그러지 말아야 할 이유는 또 무엇인가? 그녀는 나를 믿고 있다네. 또한 내가 그녀를 얼마나 사랑하는지도 잘 알고 있다네.

9월 15일

빌헬름, 이 땅 위에서 가치 있고 유용한 것에 대해 잘 알지도 못하고, 그것의 중요성을 느끼지도 못하는 사람이 있다는 것은 정말 나를 미치게 만든다네.

자네도 기억하겠지. 예전에 내가 성 ○○의 노 목사를 찾아갔을 때, 호두나무 그늘 아래에서 로테와 함께 있었던 일을 이야기했던 것 말일세. 정말로 멋진 그 호두나무 때문에 내 마음은 항상 기쁨이 넘쳐흘렀지. 호두나무로 인해 목사관 마당은 얼마나 아늑했던지! 나무가 만들어준 그늘은 또 얼마나 시원했던가! 그 나무에서 늘어진 가지들은 또 얼마나 멋있었던가! 그때 우리는 아주 먼 옛날에 이 호두나무를 심었던 목사님들 이야기도 했었지. 학교 선생님께서는 자신의 할아버지께 들은 이야기가 있다며, 그 목사님들 중 한 분의 이름을 자주 들려주시곤 했었지. 그 목사님은 정말 훌륭하신 분이었다네. 나는 호두나무 아래에서 그분을 떠올릴 때마다 그분의 위대함을 느끼곤 했었지. 그 호두나무들을 베어버렸다는 이야기를 어제 우리가 화제로 삼자 그 선생님은 눈물을 흘리셨지. 호두나무를 베어버리다니! 나는 정말 참을 수 없었네. 나무를 베려고 도끼를 들었던 그 자식을 없애버리고 싶을 만큼 화가 났다네. 마당에 있는 수많은 나무 중 오래된 나무 하나가 늙어서 죽게 돼도 그 슬픔을 견디지 못하는 그런 내가, 그저 지켜보는 것밖에는 정말 어찌할 도리가 없음이 기가 막힐 뿐이네.

사랑하는 친구여, 인간의 감정은 이상하기도 하지. 참으로 흥미롭지 않은가! 호두나무가 베인 후, 마을 사람들 모두가 불평을 늘어놓기 시작했네. 나는 목사의 부인이, 그동안 사람들이 선물로 주었던 버터나 계란 등의 물품이 줄어든 것을 보며, 자신이 마을 사람들에게 얼마나 큰 마음의 상처를 주었는지 알게 되길 바란다네. 사실 호두나무를 베게 한 사람은 새로 온 목사(노 목사는 세상을 떠났다네.)의 부인이었네.

그녀는 매우 몸이 마르고 병치레도 자주 하는 편이어서 누구도 그녀에게 호감을 가져주지 않으니, 그녀 쪽에서도 세상에 대해서 무관심한 것이 무리는 아닌 것 같네. 그런데 어리석게도 그녀는 성서를 연구하는 학자가 되겠다고 결심하여 공부에 몰두했다네. 또 최근에 인기가 있었던 그리스도교를 개혁하는 데에도 관심을 가졌고, 라파터(스위스 취리히 출신의 신학자이자 관상가-옮긴이)의 광신적 태도를 경멸하기도 했네. 그러다 건강이 더 나빠져서, 신이 만들어주신 이 세상에서 그 어떤 것도 즐기지 못하고 있다네. 하긴 그런 사람이었기 때문에 그 소중한 호두나무를 베는 일에도 앞장 선 것이겠지.

정말 어리석지 않은가, 나는 도대체 이해할 수가 없다네! 내 말 좀 들어보게. 그녀가 이런 말을 했다더군. 떨어지는 나뭇잎들 때문에 마당이 지저분해지고 질척해진다고. 또 나무 그늘 때문에 햇빛이 가려지고, 호두가 익을 때쯤이면 남자아이들이 돌팔매질을 하는데, 이 모든 것들이 그녀를 자극하여 케니코트(영국의 신학자-옮긴이), 젬러(독일의 신학자-옮긴이), 미하엘리스(독일의 신학자이자 동양학자-옮긴이)를 연구하는데 큰 방해가 된다는 것이었네.

이 일에 대해서는 노인들이 가장 불만이 많은 것처럼 보였기에, 나는 그들에게 왜 그것을 그저 지켜보고만 계셨냐고 물었네. 그는 이 마을에서는 면장의 뜻대로 모든 것이 움직이기 때문에 어쩔 도리가 없었다고 하더군.

그러던 중에 흥미로운 사건이 발생했다네. 평소 변덕스러운 부인 때문에 골치가 아팠던 목사는 부인의 심리를 잘 파악해서 그것을 거꾸로 이용하여 한몫 챙기려고 작정하고, 면장과 짜고서 호두나무 판 돈을 둘이 나눠 갖기로 했다네. 하지만 산림청에서 그것을 눈치 채고, 나무를 판 수입은 직접 산림청으로 지급하라고 통보했다네.

왜냐하면 호두나무가 서 있던 목사관 땅의 관할권이 산림청에 있었기 때문이지. 그래서 호두나무는 산림청을 통해 경매에 넘겨져 최고 입찰가에 팔렸다네.

어쨌든 호두나무는 지금 쓰러져버렸다네! 내가 만일 이곳의 영주라면! 면장이나 목사 부인, 산림청을 모두 다……. 내가 영주라면! 정말로 내가 영주라면 그런 나무쯤 신경 쓰지 못하겠는가.

10월 10일

그녀의 검은 눈동자를 들여다보고 있기만 해도 나는 정말 행복하다네! 하지만 내가 화가 나는 것은 알베르트는—내가 그였다면 느꼈을 행복만큼—그만큼 행복해 보이지 않는다는 것이네. 나는 이런 줄표를 그어가며 이 글을 쓰고 싶진 않다네. 하지만 달리 표현할 방법이 없네. 이것만큼 내 마음을 확실하게 보여주는 것도 없을 테니.

내 마음속에 있던 오시안이 결국 호메로스를 몰아내버렸다네.
이 위대한 영웅은 얼마나 엄청난 세상 속으로 나를 끌어들이는가!
 짙은 안개에 둘러싸인 달빛 속에서 조상들의 영혼을 이끄는 폭
풍 소리를 들으면서, 오시안은 끝없는 황야를 헤맨다네. 시냇물은
숲을 가로지르며 흘러내리고, 동굴에서는 망자들의 혼이 사라지
며 신음이 들려온다네. 이끼와 수풀로 덮인 네 개의 묘석 근처에
는 고귀한 목숨을 바친, 누군가가 가장 사랑하는 이가 잠들어 있
다네. 그곳에서는 아가씨의 애통한 울음소리가 들려온다네.
 그리고 조상들의 흔적을 찾아 드넓은 황야를 방황하다가 그들
의 묘석을 찾아낸다네. 슬픔에 잠겨 눈물 흘리며 부서지는 파도
속으로 사라져버리는 백발의 시인이 내 눈앞에 나타나, 저녁 별들
의 정겨운 모습을 바라본다네. 영웅의 마음속에는 지나간 세월들
이 되살아난다네. 따스한 빛이 길 떠나는 용사들을 비추고 달빛은
승리하여 돌아온, 꽃으로 장식된 배를 비추던 그날들 말이네. 그
의 이마에는 어느덧 고뇌의 주름이 깊게 패이고, 마지막으로 남은
지친 이 영웅은 무덤을 향해 힘없이 걸어간다네. 그러다 지금은
이미 사라져버린 이들의 무기력하게 떠도는 영혼들을 바라보며,
고통 속에서도 새롭게 벅차오르는 기쁨이 생긴다네. 그는 이 기쁨
의 감정을 수없이 들이마시고, 차가운 대지와 바람에 흔들리는 무

성한 숲을 보며 외친다네.

"아름답던 나의 모습을 아는 이가 찾아와서 물으리라. '노래를 불러주던 핑갈(오시안의 아버지-옮긴이)의 멋진 아들은 지금 어디에 있는 것인가?' 그의 발걸음은 나의 무덤 위를 스쳐지나갈 것이리라. 하지만 아무리 나를 찾으려 해도 소용없을 것이리라."

오, 친구여, 나는 위대한 용사처럼 칼을 뽑아들고, 힘겹게 숨을 쉬며 죽어가고 있는 이 영웅을 괴로움에서 벗어나도록 해주고 싶네. 그리고 그 괴로움에서 벗어난 반신半神을 따라 나도 저세상으로 가고 싶다네.

10월 19일

아, 이 공허함이란! 그 어떤 것보다도 가슴속 깊이 느껴지는 이 공허함! 나는 때때로 생각한다네. 단 한 번이라도, 정말 한 번만이라도 좋으니 그녀를 안고 싶다고. 그렇게만 된다면 이 공허함도 완전히 없어질 텐데.

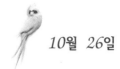

나는 점점 더 확실해지고 분명해지고 있다는 것을 느끼네. 인간이란 참 보잘것없는 존재라네.

한 여자 친구가 로테를 찾아왔다네. 나는 책을 찾아 옆방으로 갔는데, 별로 읽고 싶지 않아서 펜을 들어 글을 써보려고 했지. 그때 두 여인이 조용히 이야기하는 소리를 들었다네. 누군가가 결혼을 한다는 이야기, 누가 아파서 심각하다는 이야기 등 사소한 이야기를 나누고 있었다네.

"그 사람은 계속 기침을 하고 있대. 얼굴은 피폐해져 앙상해졌고, 때때로 기절도 한다더군. 분명 오래 살지는 못할 것 같아."

로테의 친구가 말했네.

"○○ 씨도 건강이 아주 안 좋다던데."

로테가 대답했네.

"온몸이 퉁퉁 부었대."

그녀의 친구가 말했네.

그녀들의 대화를 들으니 마치 나는 병석에 누워 있는 그 불행한 사람들을 눈앞에서 보고 있는 것만 같았네. 그들은 이 세상을 떠나는 것을 조금도 원치 않을 테지.

빌헬름! 하지만 그녀들의 말투는 정말로 남 이야기를 하듯 너무도 태연했다네. 나는 주위를 둘러보며 방 안에 걸려 있는 로테의 옷과 알베르트의 서류들, 그리고 익숙해진 가구와 잉크병을 바라보며 한동안 생각에 잠겼다네. '생각해 보라! 너는 이 집안에서 어떤 존재인가? 모두가 너의 친구이고 너를 높이 평가하고 있다. 또 너는 가끔 그 친구들을 즐겁게 해주고, 그들이 없으면 결코 살아갈 수 없을 거라 생각한다. 하지만 네가 그들을 떠나게 된다면? 그들은 언제까지 그들의 운명에 생긴 공허함을 느낄까? 과연 언제까지?'

아, 인간은 이토록 허무한 존재였던가. 자신의 존재를 확실히 느낄 수 있는 곳에서도, 자신의 존재를 확신할 수 있는 곳에서도, 사랑하는 이의 추억과 마음속에서까지 흔적도 없이 사라질 수 있는 것이 바로 인간이라네. 그것도 아주 짧은 한순간에!

10월 27일

사람들이 어떻게 이토록 냉정하고 차가울 수 있는지. 그런 생각만으로도 나는 내 심장을 찢어버리고 내 머리를 부숴버리고 싶다네. 아아, 내가 다른 이들에게 베풀지 않는 한 사랑이나 기쁨, 다정함과 즐거움 같은 것들을 받을 수 없는 것이네. 또한 진심을 다해 다른 이들을 행복하게 해주고 싶어도, 그들이 무관심한 모습으로 냉정하게 나를 대한다면 나도 어찌할 방법이 없는 것이네.

같은 날 저녁

나는 정말 많은 것을 가지고 있다네. 하지만 그녀를 향한 그리움이 이 모든 것들을 없애버리고 마는 것이네. 나는 이토록 많은 것을 갖고 있다네. 하지만 그녀가 존재하지 않는 한 이 모든 것은 헛될 뿐이라네.

 *10월 30일*

나는 수백 번이나 그녀의 목에 매달리고 싶었다네! 이토록 사랑스러운 그녀가 내 눈앞에 있는데 어떻게 손을 뻗지 않겠는가. 아마 그 마음은 오직 신만이 아실 테지. 손을 내밀어 무언가를 붙잡는 것은 자연스러운 인간의 본능이 아니겠는가! 아이들은 눈에 보이는 것들은 무엇이든 잡으려고 손을 뻗지 않는가? 하지만 나는 왜?

 *11월 3일*

때때로 나는 잠들기 전에 내가 다시는 깨어날 수 없기를 바라면서 잠이 든다네. 아침에 눈을 떠 햇빛을 볼 때면 나는 정말 비참한

기분이라네. 아, 내 마음이 변할 수만 있다면 얼마나 좋을까. 모든 것을 날씨나 다른 누군가의 탓으로 돌리며, 목표를 달성하지 못한 것을 책망한다면 이 불만스러운 감정과 불안함도 줄어들 수 있을 텐데.

하지만 안타깝게도 이 모든 죄는 나에게 있다는 것을 나는 분명히 알고 있다네. 아니, 그것을 죄라고 할 수는 없지! 하지만 과거에 내 가슴속에서 모든 행복이 시작되었던 것처럼, 모든 불행의 원인도 내 마음속에 들어 있다네. 풍부한 감성을 지닌 채 한 걸음을 뗄 때마다 내 앞에는 낙원이 펼쳐지고 온 세상을 사랑스럽게 포용할 수 있었던 과거의 나와 현재의 나는 같은 인물이 아니던가? 하지만 그 마음은 이미 사라져버렸고, 어떤 감흥도 없으며 눈물조차 나오지 않게 되었다네. 나의 모든 감각은 생기를 불어넣는 눈물로도 활력을 되찾을 수 없으며, 근심이 가득한 이마는 찌푸려질 뿐이라네. 내 삶의 유일한 기쁨이었던 것을 잃어버렸으니 나는 그저 괴로울 뿐이네. 나를 둘러싼 세상을 만들었던 그 생명력을 잃어버렸으니. 나의 모든 힘은 사라져버렸다네.

창가에 서서 저 멀리 언덕을 바라보면, 안개 사이로 아침 해가 평온한 초원을 비추고, 버드나무 사이로 시냇물이 유유히 흐른다네. 아! 이 아름다운 자연도 내게는 그저 니스를 칠한 한 장의 그림처럼 굳어버린 모습으로 보인다네. 내 마음은 이 모든 즐거움을 느끼지 못하며, 그곳에선 단 한 방울의 행복도 내 머릿속으로 길어 올리지 못한다네.

물이 말라버린 우물처럼, 빈 물통처럼, 나는 그저 한 사내로서 신 앞에 서 있는 것이라네. 하늘은 황동빛을 띠고, 주변의 땅은 모두 메말라서 갈라질 때 비를 내려달라고 애원하는 농부들처럼, 나는 땅바닥에 엎드려 내게 눈물을 달라고 얼마나 많은 기도를 올렸던가!

아! 하지만 그렇게 간절하게 애원했음에도 하늘은 비도 햇빛도 내려주지 않으실 것이네. 나는 그것을 느낄 수 있다네. 돌이켜보면 가장 마음이 괴로웠던 그때, 그 시절은 왜 그토록 신성했던가! 그 시절의 나는 신의 성령을 인내하며 기다렸고, 그분이 내게 베풀어주신 모든 기쁨에 감사했기 때문이라네.

11월 8일

그녀가 나의 절제되지 못한 생활에 대해 핀잔을 주더군. 하지만 그런 그녀의 모습이 얼마나 사랑스럽던지. 그 무절제한 생활이란 가볍게 마시기 시작한 포도주를 끝내 한 병 다 비워내는 내 습관을 가리키는 것이었네.

"그러지 마세요!"

그녀가 말했네.

"저를 생각하신다면은요."

"생각하라고요?"

나는 물었네.

"과연 그런 말이 필요할까요? 당연히 생각하고 있어요! 생각하는 정도가 아니라고요! 당신은 항상 내 머릿속에 있고 잠시도 떠난 적이 없어요. 나는 오늘도 예전에 당신이 마차에서 내렸던 그곳에 앉아 있었습니다."

내가 이런 이야기를 더 이상 하지 못하도록 그녀는 화제를 돌렸다네. 사랑하는 친구여, 나는 이미 제정신이 아니라네. 나는 이렇게 그녀에게 휘둘리고 있으니.

11월 15일

빌헬름, 자네의 진정한 마음과 좋은 충고에 감사하네. 하지만 나는 좀 더 견뎌볼 테니 너무 심려하지 말게나. 나는 너무도 지쳤지만 아직은 앞으로 나아갈 힘이 좀 더 남아 있으니. 자네도 잘 알겠지만, 나는 종교에 대해서 굉장히 긍정적인 편이네. 종교는 지친 이들에게 지팡이가 되고, 몸이 아픈 자들에게는 영양제가 되어주니까. 하지만 이 종교가 누구에게나 똑같은 영향을 미치며, 꼭 그래야만 하는 것인가? 이 넓은 세상에는 종교의 영향을 받지 않앉던 사람과, 앞으로도 그 영향을 받지 않을 사람들이 무수히 존재한다는 것을 알게 될 것이네. 그가 설교를 귀담아 들었든 듣지 않았든 말일세. 그런 종교가 나에게도 영향을 미칠까? 자신의 주변에 몰려드는 사람들을, 하느님이 자신에게 보낸 사람들이라고 하느님의 아들도 그렇게 말하고 있지 않은가? 내가 만약 그분께 보내진 인간이 아니라면 어떠한가? 내 마음이 그러하듯 하느님께서 나를 자신의 곁에 두려고 하신다면 어떨까? 부탁인데, 내가 이토록 순진하게 말하는 것을 자네를 놀리는 거라고 오해하진 말게나. 나는 내 마음 깊은 곳에 있는 모든 것들을 그대로 자네에게 말하고 있는 것이네. 그게 아니라면 오히려 침묵을 택했겠지. 나는 내가 잘 모르는, 또 그 누구도 알지 못하는 일에 대해선 이야기하고 싶지 않다네.

자신의 한계를 알고 인내하며, 자신의 잔에 담긴 술을 비워내는 것이 결국 인간의 운명이 아닐까? 하느님조차도 이 술잔에 담긴 술이 너무 쓰다고 하셨는데, 굳이 내가 그 술을 달다고 거짓말하며 허세를 부릴 필요가 있을까? 무엇 때문에 내가 이 부끄러운 거짓말을 하겠는가. 나의 존재가 죽음과 삶의 경계에서 몸부림치고, 과거가 번갯불처럼 암울한 미래의 절벽 위에서 번쩍이며, 나를 둘러싸고 있는 모든 것들이 가라앉으며 나와 함께 파멸하려고 하는 이 순간에 말일세. "하느님, 나의 하늘이시여! 왜 저를 버리시는 겁니까!" 이토록 분노하며 다시 비상飛上하기 위해 헛된 몸부림을 치며 소리치는 것은, 의지할 곳이 아무것도 없어서 이러지도 저러지도 못하며 마침내 궁지에 몰리게 된 인간의 외침이 아니겠는가? 그런데 내가 그런 외침을 부끄러워하고 그 순간을 두려워할 필요가 있을까? 하늘을 두루마리 천처럼 둘둘 말아버릴 수 있다고 하셨던 하느님의 아들도 결코 피하지 못했던 그 순간을 내가 왜 두려워하겠는가?

11월 21일

그녀는 자신이 나와 그녀를 함께 파멸시킬 독약을 만들고 있다는 사실을 깨닫지 못하고 있다네. 그리고 나는 나를 파멸시킬 그 술잔을 그녀가 건넬 때, 오히려 감사해하며 마시고 있는 것이네. 그녀는 자주, 아니, 결코 자주는 아니었지만 때때로 그녀는 나를 다정하게 바라보곤 한다네. 나도 모르게 표출되던 그 감정을 기꺼이 받아주던 그녀의 다정함, 그리고 나의 인내를 향한 그녀의 연민은 과연 무엇을 뜻하는 것일까?

어제 내가 떠나려고 할 때, 그녀는 손을 내밀며 악수를 청했지. 그리고 이렇게 말했다네.

"잘 가요, 사랑하는 베르테르!"

사랑하는 베르테르! 그녀가 나에게 '사랑한다.'라고 말한 것은 처음이었고, 그 말은 내 뼛속 깊이 아로새겨졌다네. 나는 그 말을 수백 번 되뇌며 밤이 되어 잠들기 전에 혼자 중얼거리기도 했다네. 그러다 "잘 자요, 사랑하는 베르테르!"라는 말이 나도 모르게 튀어나와 웃음을 참지 못했다네.

11월 22일

'그녀가 제게서 멀어지도록 해주십시오!' 라는 기도는 차마 할 수가 없다네. 때때로 나는 그녀가 나의 것인 듯한 착각이 들곤 한다네.

그렇다고 '그녀를 제게 보내주십시오!' 라고 기도를 할 수도 없지 않은가. 그녀는 이미 다른 남자의 여자이니까. 나는 괴로운 마음으로 이런 장난이나 하고 있다네. 이러다가는 한없이 명제와 반反명제를 반복하며 말장난만 하는 꼴이 되고 말 테지.

11월 24일

그녀는 이미 잘 알고 있다네. 내가 얼마나 괴로워하며 인내하고 있는지를. 오늘 그녀의 눈은 내 마음을 모두 읽은 듯했네. 내가 그녀를 찾아갔을 때 그녀는 혼자 있었다네. 나는 아무 말도 없이 있었고, 그녀는 그런 나를 그저 바라보았네. 이제 나는 그녀의 사랑스러운 아름다움이나 고귀한 정신의 빛은 보지 않는다네. 그런 것들은 이제 보이지 않는다네. 나는 그보다 더 숭고한 눈빛, 내 고통에 대한 진심 어린 연민과 동정의 눈빛을 보고 말았다네. 왜 나는 그녀의 발치에 몸을 던지면 안 되는 것인가? 왜 나는 그녀의 목을 끌어안고 수천 번의 키스를 하면 안 되는 것인가?

로테는 피아노 옆으로 다가가 피아노를 치며 은근하고 달콤한 노래를 불렀네. 나는 그토록 매력적인 그녀의 입술을 본 적이 없다네. 그 입술은 피아노에서 흐르는 아름다운 선율을 들이마시려는 듯 열려 있었네. 그 순결한 입술에서는 나지막한 메아리가 흘러나오는 것 같았네. 그 모습을 자네에게 전할 수만 있다면 얼마나 좋겠는가!

나는 견딜 수 없어서 고개를 숙이고 맹세했다네.

'신성한 하늘의 영혼이 깃들어 있는 입술이여, 어찌 감히 제가 그 입술에 입을 맞출 수 있겠습니까.'

하지만 그렇게 맹세를 하고서도 나는 그 생각을 단념하지 못했다네. 나는 정말로 하고 싶었으니까. 아아, 이것은 내 마음에 장애물이 되어 나를 막고 있다네. 그 행복을 누릴 수만 있다면, 나는 속죄하기 위해 내 자신을 파멸시킬 수도 있다네. 하지만 그 마음을 죄악이라고 할 수 있는 것인가?

11월 26일

"너의 운명은 다른 이들과 비교할 수 없다. 다른 이들을 행복하다고 말해도 좋다. 지금껏 이만큼 고통받은 자는 아직 없었노라."

때때로 나는 나 자신에게 이렇게 이야기한다네. 그리고 옛 시인의 시 한 소절을 읊어보곤 하지. 그 시는 마치 내 마음속을 훤히 들여다보고 있는 것 같다네. 나는 이 고통을 견뎌내야만 하네. 아, 과연 이 세상에 나보다 가엾은 인간이 또 있었을까?

11월 30일

아무리 생각해도 나는 예전의 내 모습으로 돌아오지 못할 것 같네. 내가 가는 곳마다 황당한 일들이 벌어지니 말이네. 오늘만 해도! 아, 운명이란! 아, 인간이란!

나는 오후에 흐르는 강물을 따라 산책을 하고 있었네. 입맛이 없어 점심은 먹고 싶지도 않았지. 축축하고 서늘한 바람이 불어오고, 골짜기엔 먹구름이 몰려왔기에 모든 것이 쓸쓸해 보였다네.

그때 저 멀리서 초록색 옷을 입은 행색이 초라해 보이는 남자를 보았지. 그는 바위틈의 약초를 찾아다니는 것 같았어. 내가 다가가자 그는 뒤돌아보았지. 나는 그의 얼굴을 보고 묘한 느낌이 들었다네. 그의 얼굴은 착하고 성실해 보였지만 어딘지 모르게 슬퍼 보였어. 검은 머리는 두 갈래로 나누어 핀을 꽂았고, 나머지 머리카락은 길게 땋아 늘어뜨리고 있었다네. 행색을 보니 신분이 낮은 사람인 듯해서 그가 무슨 일을 하는지 물어봐도 될 것 같았지. 그래서 나는 그에게 무엇을 하고 있는 중이냐고 물어보았네. 그는 한숨을 내쉬며 말했네.

"꽃을 찾고 있었습니다. 하지만 아무리 찾아도 보이지가 않습니다."

"꽃이 피는 철이 아니라서 그럴 겁니다."

나는 웃으며 말했네.

"꽃은 여러 종류가 있습니다."

그는 그렇게 말하며 나를 향해 내려왔다네.

"저희 집 화단에는 장미와 인동꽃이 잡초처럼 무성하게 피어 있는데 그중 하나는 아버지께서 주셨습니다. 벌써 이틀째 찾아다니고 있는데도 찾을 수가 없더군요. 이 주변에는 항상 노란 꽃, 푸른 꽃, 붉은 꽃 등 다채로운 꽃들이 있었습니다. 그리고 용담초라는 식물도 있는데 거기에는 정말 예쁜 꽃이 핍니다. 하지만 하나도 눈에 띄질 않습니다."

나는 왠지 모르게 온몸이 오싹해졌다네. 그리고 그에게 살짝 물어보았네.

"왜 그토록 꽃을 찾아 헤매는 겁니까?"

그는 묘한 웃음을 지으며 말했네.

"아무에게도 이야기하지 말아주십시오."

그는 입술에 손가락을 대며 말했네.

"애인한테 꽃다발을 만들어주려고요."

"정말 멋지네요."

내가 말했네.

"그녀는 부유한 편이라 많은 것을 가지고 있습니다."

"그래도 당신이 준 꽃다발을 보면 좋아할 겁니다."

"아!"

그가 계속 말을 이었네.

"보석도 많고 왕관도 많이 있답니다."

"애인의 이름이 뭡니까?"

"네덜란드에서 봉급만 제대로 받았더라면."

갑자기 그는 다른 말을 하며 화제를 돌렸다네.

"아마 지금의 저는 이런 모습이 아닐 겁니다. 한때는 저도 정말 형편이 좋았습니다. 하지만 이제는 다 소용없게 됐습니다. 이제 저는······."

그는 하늘을 쳐다보며 눈물을 보였다네. 나는 그의 모습에서 모든 것을 짐작할 수 있었다네.

"그때는 정말 행복하셨군요?"

내가 말했네.

"네, 그때로 돌아갈 수 있었으면 좋겠습니다! 물을 만난 물고기처럼 그때는 정말 즐거웠습니다."

"하인리히!"

그때 어느 노파가 소리치면서 다가오는 것이었네.

"하인리히, 여기 있었구나. 너를 찾느라 여기저기를 다 헤매고 다녔단다. 이제 밥 먹으러 가자꾸나!"

"아드님이신가요?"

나는 그 부인에게 다가가 물어보았네.

"네, 가엾은 아이랍니다."

부인이 대답했네.

"신께서 우리에게 무거운 십자가를 지워주셨습니다."

"이렇게 된 지는 얼마나 됐습니까?"

나는 물었네.

"반년쯤 됐습니다, 이렇게 얌전해진 것은요. 저는 이것도 다행이라 생각하며 살고 있습니다. 예전에는 제정신이 아니라서 1년 정도 난리법석을 피웠거든요. 그래서 사슬로 묶고 정신병원에 감금했습니다. 다행히 지금은 그렇게 과격한 행동은 하지 않습니다. 지금은 왕이나 황제들 이야기만 늘어놓을 뿐이지요. 예전에는 정말로 착실한 아이였습니다. 집안 살림도 돌보고, 글씨도 잘 쓰는 그런 아이였죠. 그러다 어느 날 갑자기 우울증에 걸려 고열에 시달리고 난 이후로 정신이 온전치 못하게 되었습니다. 보시면 아시겠지만요, 선생님."

나는 계속 늘어놓는 부인의 말을 끊고 물어보았다네.

"아드님이 예전에 행복했던 그 시절 이야기를 했었는데 그때가 언제였나요?

"정말 어리석은 아이예요!"

부인은 안타까운 듯 미소를 지으며 외쳤네.

"제정신이 아니었을 때를 말하는 겁니다. 그것이 자랑인 것처럼 떠들고 다니죠. 정신병원에 있어서 어떻게 생활했는지조차 몰랐을 텐데 말입니다."

나는 그 말을 듣고 천둥번개를 맞은 것 같은 충격을 느꼈다네. 나는 부인에게 약간의 돈을 건네주고 서둘러 자리를 떠났다네.

"행복했던 시절이라니!"

나는 그렇게 외치며 빠른 걸음으로 시내로 갔다네.

그 당시에는 정말로 물을 만난 물고기처럼 행복했을 테지! 오, 신이시여! 당신께서는 이성을 갖기 전과 이성을 잃어버린 상태를 제외하고는 그 누구도 행복하지 못하도록 인간의 운명을 정해 놓으신 건가요! 가엾은 인간들! 하지만 나는 당신의 우울증과 당신을 그토록 고통스럽게 했던 그 정신병이 부럽다네! 당신은 사랑하는 애인을 위해 희망을 안고 한겨울에도 꽃을 찾아 헤매지 않았던가. 그러다 꽃을 찾을 수 없어서 슬퍼하면서도 왜 꽃이 없는지조차 알지 못하고 있지. 나는 아무런 희망도 목표도 없다네. 그저 밖으로 나갔다가 똑같은 모습으로 되돌아올 뿐이네. 하지만 당신은 만약 네덜란드 정부에서 봉급을 지불해 주었다면 자신의 모습은 과연 어떻게 달라졌을지 그런 생각을 하며 살고 있지. 당신이 진정 행복한 사람이네! 당신은 마음이 파괴되고, 정신이 온전하지 못함이 자기 불행의 원인이라는 것을, 또 그 어떤 왕들도 그 불행에서 당신을 구해낼 수 없다는 사실을 깨닫지 못하고 있는 것이지.

어떠한 병도 고칠 수 있는 샘물이 있다는 소문을 듣고 먼 길까지 찾아 나섰다가 오히려 병이 더 악화되어 괴롭게 죽어가는 사람을 비웃는 사람이나, 속죄하는 마음으로 마음의 짐을 덜기 위해 그리스도의 무덤을 찾아가는 사람들을 경멸하는 자는 그 누구에게도 위로받지 못하고 비참하게 죽어도 되는 인간일 것이네.

목적지도 없는 길을 가다가 발에 상처가 났을 때, 그가 내딛었던 그 한 걸음 한 걸음이 괴로운 그에게는 그만큼의 고통을 덜어주는 약이 되는 것이네. 하루하루 괴로움을 견뎌낼 때마다 그만큼 괴로움은 줄어드는 것이며 마음은 안정될 수 있는 것이지.

책상 앞에 앉아 탁상공론만 늘어놓는 당신들은 이런 것들을 무의미한 망상이라고 할 수 있겠는가? 망상이라니! 오, 신이시여! 저의 눈물이 보이십니까! 당신이 만든 인간은 이토록 가난하며, 당신은 이 볼품없는 가난과 더불어 그들이 품은 실낱같은 희망마저 빼앗아가 버리는 인간들까지 함께 보내주셨습니다. 자비로운 신이시여, 나무의 뿌리나 포도즙의 효험을 믿는 것은 당신을 믿는 마음에서 비롯된 것입니다. 우리가 꼭 필요로 하고 우리를 치료하고 안정시키는 것을, 우리 주변의 모든 것에 당신께서 심어 놓으셨다고 믿는 것입니다.

제가 알지 못하는 아버지시여! 예전에 아버지께서는 저의 마음을 충만하게 해주셨습니다. 하지만 지금은 저를 외면하고 계십니다. 이제는 그 침묵을 깨고 저를 당신 곁으로 갈 수 있도록 해주십시오! 이렇게 애원하는 저의 영혼은 당신의 침묵을 더 이상 견딜 수 없습니다. 예상치 못하게 다시 돌아온 아들이 아버지의 목을 끌어안고 이렇게 외칠 때, 한 사람으로서, 아버지로서 아들에게 화를 내시겠습니까?

"아버지, 저 다시 돌아왔습니다. 제발 화내지 마세요. 아버지 말씀대로 더 참고 견뎠어야 했는데 포기해 버렸습니다. 이 세상 어느 곳에 가도 다 마찬가지인 것 같습니다. 땀 흘리며 고생한 만큼 성과가 있고 기쁨도 있습니다. 하지만 그것은 저에게 아무 소용이 없습니다. 오직 아버지, 당신 곁이 좋습니다. 저는 아버지 곁에서 괴로움도 행복도 함께하고 싶습니다."

하늘에 계신 아버지, 당신은 그래도 이 아들을 내치시겠습니까?

12월 1일

빌헬름! 일전에 내가 편지로 그의 이야기를 했었지. 행복하면서도 불행했던 그 남자는 로테의 아버지 밑에서 일하는 서기였다네. 그는 로테를 사랑하다가 마침내 그녀에게 고백했고, 그 때문에 쫓겨나게 되었다네. 그리고 결국에는 정신이상 증세를 보이고 있다네. 그 이야기를 듣고 내가 얼마나 공감이 되었는지 이 편지로나마 짐작할 수 있기를 바라네. 알베르트는 그 이야기를 정말로 태연하게 말하더군. 아마 자네도 알베르트처럼 이 글을 읽을 테지.

12월 4일

이런 나를 제발 이해해 주게. 나는 이제 끝나버렸네. 더 이상은 버틸 수가 없다네!

오늘 나는 그녀와 함께 앉아 있었네. 나는 앉아 있었고, 그녀는 피아노를 연주했네. 그녀의 연주에서는 다양한 멜로디와 모든 감정들이 느껴졌다네. 정말로 다양한, 온갖 감정들이었다네! 자네가 생각하는 감정까지도 말이야!

그녀의 여동생이 내 무릎에 앉아 인형 옷을 입히며 놀고 있었네. 그 순간 내 눈에는 눈물이 고였고, 나는 고개를 숙일 수밖에 없었지. 그때 나는 그녀의 결혼반지를 보게 되었는데, 내 눈에선 눈물이 계속 흘러내렸다네. 그때 그녀가 몽환적이고도 달콤한 연주를 시작했네. 갑작스러운 일이었지만 듣고 있으니 마음이 안정되었고, 지나간 추억이 마음속에서 되살아났다네. 예전에 이 멜로디를 처음 들었을 때의 일들, 로테와 헤어지고 우울했던 날들, 화가 나던 일들, 그리고 무너져버린 희망의 추억들이 주마등처럼 머릿속을 스쳐갔다네. 나는 참을 수 없는 감정이 밀려와 방 안을 이리저리 돌아다녔지. 나는 감정이 격해져서 그녀 곁으로 다가가 말했네.

"부탁이니 제발 그만해 주십시오!"

그녀는 연주를 멈추고 나를 쳐다보았네.

"베르테르!"

미소 지으며 나를 부르던 그 말이 내 가슴속을 파고들었네.

"베르테르, 당신은 많이 아픈 것 같아요. 그토록 좋아하던 곡도 싫다고 하시니. 그만 돌아가시는 게 좋을 것 같아요. 그리고 마음을 좀 진정시키세요."

나는 그 자리를 떠났다네. 오, 하느님! 비참한 저의 모습이 보이시겠죠. 이제 그만 끝내고 싶습니다.

어디를 가든 그녀의 모습이 자꾸만 어른거린다네! 내 가슴속은 온통 그녀의 그림자로 가득 차 있네. 눈을 감고 있을 때면 마음의 눈이 머리로 모여 그곳에 그녀의 검은 눈동자가 나타난다네. 바로 이곳에 말이네! 이것을 뭐라고 표현해야 할지 모르겠네. 눈을 감으면 그녀의 모습이 떠오른다네. 깊은 바다처럼 그녀의 눈동자는 내 눈앞에, 그리고 내 마음속에 나타나고 내 머릿속을 가득 채운다네.

반신半神이라고 불리는 인간은 과연 무엇인가? 가장 큰 힘이 필요한 순간에 무력해지는 존재가 바로 인간이 아니던가? 기쁨에 가득 차 흥분할 때나 슬픔에 잠겨 있을 때, 또 무아지경에 빠지려고 할 때도 이성적인 의식을 되찾는 것이 바로 인간이 아니던가?

편집자가 독자에게

　나는 우리의 친구 베르테르의 마지막 며칠에 대한 특별한 자필 기록이 많이 남아 있기를 얼마나 바랐는지 모릅니다. 그래야만 내가 부연 설명을 덧붙이지 않아도 될 것이고, 그의 편지를 중단시키지 않을 수 있을 테니까요.

　나는 그에 대해 잘 알고 있는 사람들에게 직접 이야기를 들으려고 노력했으며, 그것은 어렵지 않았습니다. 거의 모든 이야기가 비슷하였지만, 단지 베르테르의 이야기에 나오는 사람들의 성격과 관련해서는 의견과 판단이 모두 달랐습니다.

　나는 지금껏 열심히 모은 자료들을 중심으로 허심탄회하게 이야기하고, 고인이 남긴 편지를 이 글의 곳곳에 삽입하며 작은 쪽지들을 소중히 다루는 것이 최선의 방법이라고 생각합니다. 이는 평범하지 않은 사람의 경우에는, 그가 어떤 행동을 했을 때 그 특이하고 진실된 동기를 찾아내기가 더욱 힘들기 때문입니다.

　베르테르의 마음 깊은 곳에 뿌리내리며 그를 단단히 옭아맨 불만족과 불쾌함은 점점 그를 옥죄고 있었습니다. 그의 심리 상태는 무너졌고, 흥분과 격렬한 충동은 그의 본성을 뒤흔들어 놓았으며, 최악의 상태로 작용하여 그를 허무하게 만들었습니다.

　그 허무함에서 벗어나기 위해 그는 그 어떤 불행과 마주했을 때보다 더 온 힘을 다해 싸웠습니다. 하지만 마음속에 자리 잡은 그의 불안감은 그의 정신력과 생기, 그의 현명함 등을 무력하게 만들었습니다. 그래서 그는 사람들을 만나도 표정이 밝지 않았으며, 불행한 자신의 처지로 인해 다른 사람들에게 고집을 부리고 어리석은 행동을 하기 시작했다고 알베르트의 친구들은 진술하였습니다. 그들의 말에 따르면, 알베르트는 순수하고 조용한 성격의 소유자로서 그토록 갈망하던 행복을 손에 넣은 다음 그 행복이 영원토록 지속되길 원했다고 했습니다. 하지만 베르테르는 이와 같은 알베르트의 마음을 제대로 파악하지 못했다고 합니다. 다시 말하면 베르테르는 자신의 재산을 매일매일 낭비해 버리고, 저녁때가 되면 굶주리고 괴로워하는 식이었다고 했습니다.

알베르트의 친구들은 알베르트가 그렇게 짧은 시간에 변할 사람이 아니라고 했으며, 그는 베르테르가 처음 만나서 존경심을 느꼈던 그 모습 그대로였다고 말했습니다. 알베르트는 누구보다 로테를 사랑했고 자랑스럽게 여겼으며 그녀가 모든 이들에게 멋진 여자로 인정받기를 바랐다고 했습니다.

그러니 누구도 알베르트를 비난할 수는 없는 것입니다. 설사 그가 조금도 의심을 하지 않았다고 해서, 또 그런 일이 발생할까 봐 걱정이 되어 그의 소중한 보물을 그 어떤 누구와도 공유하려 하지 않았다고 해도 말입니다. 또한 그의 친구들은 베르테르가 로테를 찾아왔을 때, 때때로 알베르트가 로테의 방에서 나오곤 했었다고 했습니다. 하지만 그것은 베르테르에 대한 미움이나 증오 같은 것이 아니라 자신이 그곳에 있음으로써 베르테르가 부담을 느끼고 불편해하는 것을 느꼈기 때문이라는 것입니다.

로테의 아버지가 병에 걸려서 늘 방 안에서만 지냈기 때문에 로테를 데려오라고 마차를 보냈습니다. 로테는 그 마차를 타고 아버지께 갔습니다. 그날은 첫눈이 내려 마을이 온통 눈으로 뒤덮인 아름다운 겨울날이었습니다.

이튿날 아침, 베르테르는 로테의 뒤를 따랐습니다. 알베르트가 로테를 데리러 오지 않으면 그가 직접 데리고 올 생각이었습니다.

화창한 날씨도 베르테르의 침울한 기분을 밝게 만들지는 못했습니다. 무엇인가에 억눌린 답답한 마음에는 슬픔이 어려 있었습니다. 그는 그저 끝없이 괴로울 뿐이었습니다.

그는 자신에 대해 수많은 불만을 갖고 살아왔기 때문에 다른 이들의 모습도 불안하고 혼란스러워 보였습니다. 그는 알베르트와 로테의 아름다운 관계를 자신이 갈라놓았다고 생각하며 자책했습니다. 그러한 감정 속에는 그녀의 남편 알베르트에 대한 미움도 어느 정도 섞여 있었습니다. 그는 길을 걸어가면서도 이러한 생각을 했습니다.

"그래, 맞아."

그는 분노하며 혼잣말을 했습니다.

"그렇지, 이것은 다정하면서도 상냥한 모든 일을 허심탄회하게 말할 수 있는 아름다운 만남인 것이지! 변하지 않고 오랫동안 지속될 수 있는 믿음인 것이지! 아니, 그것은 권태와 무관심일지도 모른다! 그는 아름답고 귀한 자신의 아내보다 사소하고 하찮은 일들에 더 관심을 갖고 있지 않은가? 그는 자신의 행복에 대해 판단할 줄 아는 것인가? 그럼에도 불구하고, 그는 그녀를 소유하고 있다. 그렇다, 그는 그녀를 갖고 있다. 굳이 말하지 않아도 다 알고 있는 사실이며 나는 그 사실에 익숙해졌다고 생각했는데, 하지만 그 생각만 떠올리면 미쳐버릴 것 같다! 그 생각이 내 목숨을 위협한다. 그는 아직도 나에게 우정을 갖고 있는 것일까? 그가 로테에 대한 나의 관심을 자신의 권리를 침해하는 것이라 여기고, 자신에 대해 비난하는 것으로 받아들이는 것은 아닐까? 나는 그렇다고 생각한다. 확신하고 있다. 그는 나와 만나는 것을 달가워하지 않으며, 내가 어디론가 떠나주기를 바라는 것이다. 그는 내가 이곳에 있는 것조차 부담스러운 것이다."

베르테르는 빠르게 걷던 걸음을 멈추었다가 다시 돌아가려고 하는 듯했습니다. 하지만 그러면서도 그는 앞을 향해 걸어갔고 상념에 잠겨 혼자 중얼거리기도 했습니다. 그러다가 어느덧 수렵 별장에 도착했습니다.

그는 집 안으로 들어가서 로테의 아버지와 로테의 안부를 물었습니다. 하지만 집안 분위기가 좋지 않았습니다. 큰아들이 말하기를, 발하임에서 불미스러운 일이 생겼는데 농부 한 명이 죽었다는 것입니다. 하지만 그러한 이야기도 베르테르에게는 그다지 충격적이지 못했습니다.

베르테르가 방으로 들어갔을 때 로테는, 불편한 몸을 이끌고 그 사건을 조사하기 위해 다녀오겠다는 아버지를 설득하고 있었습니다. 범인은 아직 찾지 못했으며, 피해자는 어떤 미망인의 하인이었습니다. 그 미망인은 예전에 다른 하인을 두었는데, 내쫓긴 그가 불만을 품고 집을 나갔다면서 이런저런 추측을 내세웠습니다.

그 말을 듣자 베르테르는 흥분하며 소리쳤습니다.

"정말 그런 것입니까! 그만 가봐야겠어요. 더 이상 지체할 수 없습니다!"

그는 서둘러 발하임으로 떠났습니다. 그와의 기억들이 선명하게 떠올랐습니다. 그와 그토록 자주 대화를 나누고 그렇게 다정했던 그가 그런 짓을 저질렀다고는 상상조차 할 수 없었습니다.

시신이 있는 주막으로 가기 위해서는 보리수를 지나야 했습니다. 그가 그토록 좋아했던 장소가 이제는 낯설고 겁이 나기 시작했습니다. 그 주변의 아이들이 자주 놀곤 했던 문턱에도 핏자국이 있었습니다. 사랑과 믿음이라는 인간의 가장 아름다운 감정이 폭행과 살인으로 변질된 것입니다. 울창했던 보리수나무는 잎이 다 떨어지고 서리가 내려앉았습니다. 묘지의 낮은 돌담을 덮고 있던 아름다운 울타리의 잎들도 모두 떨어졌고, 그 틈 사이로 눈 덮인 비석들이 보였습니다.

마을 사람들은 모두 사건이 발생한 그 주막 앞에 모여 있었는데,

그가 다가가자 갑자기 큰 소리가 났습니다. 저 멀리서 무장한 사람들이 무리지어 있는 것이 보였는데, 사람들은 드디어 범인이 오고 있다고 소리치며 한바탕 소동을 벌였습니다. 베르테르는 사람들이 소리치는 그곳을 바라보았습니다. 더 이상 의심의 여지가 없었습니다. 그는 바로 미망인을 사랑했던 하인이었습니다. 베르테르는 얼마 전에 그를 만난 적이 있었습니다. 그는 분노하며 절망에 빠져 방황하고 있었습니다.

"도대체 왜 그랬나! 이 가엾은 사람아!"

베르테르가 붙잡혀 온 그에게 달려가 외쳤습니다. 그는 조용히 베르테르를 바라보며 잠시 침묵하더니 차분하게 대답했습니다.

"그 누구도 그녀를 소유하진 못해요. 그녀가 그 어떤 남자에게도 가지 않을 테니까요."

붙잡혀온 그 남자는 주막 안으로 끌려왔고 베르테르는 서둘러 그 자리를 떠났습니다.

베르테르는 충격적이고 놀라운 사실 때문에 마음이 몹시 혼란스러웠습니다. 그는 잠시나마 슬픔과 불만을 느끼며 절망에 빠진 자신의 처지에서 벗어날 수 있었습니다. 그는 참기 힘든 동정심이 생겼으며 그를 구해 주고 싶은 생각이 간절했습니다. 그는 그 청년이 너무도 가엾게 느껴졌습니다. 그는 무죄이며 그와 자신의 처지가 크게 다르지 않다고 생각했기 때문에 다른 이들을 설득할 수 있다고 생각했습니다. 그는 이 청년을 옹호하고 싶었고 그를 변호할 말들이 목구멍에서 차올라 입술까지 올라왔습니다. 베르테르는 수렵 별장을 향해 걸어가면서도 법무관 앞에서 그 청년을 변호할 말들을 소리 내어 읊어보았습니다.

방에 들어갔을 때, 알베르트가 있었습니다. 그 모습을 본 베르테르는 기분이 썩 좋지 않았습니다. 하지만 마음을 다잡고 법무관에게 자신의 생각을 온 힘을 다해 피력했습니다. 법무관은 수차례 고개를 저었습니다. 베르테르는 변호할 수 있는 모든 말들을 전력을 다해, 열정적인 모습으로 진심 어린 변호를 하였지만 법무관은 그 어떤 감흥도 받지 못했습니다. 오히려 그의 말이 끝나기도 전에 살인자를 두둔한다며 베르테르에게 비난을 퍼부었습니다. 그리고 그는 베르테르에게 그런 식으로 일을 처리하면 국가의 법들은 무효가 되며 질서는 무너지고 만다고 말했습니다. 또한 이 사건에 대해서는 자신이 최고의 책임자라는 것을 명심하라면서 모든 일은 규칙대로 처리할 것이라고 이야기했습니다.

하지만 베르테르는 물러서지 않았습니다. 혹시라도 그 청년이 도망가도록 누군가가 도와준다 해도 이해해 달라고 부탁했습니다. 하지만 법무관은 그 부탁 또한 거절했습니다. 이야기를 듣던 알베르트까지 합세하여 노老 법무관을 옹호했습니다. 마침내 베르테르는 두 사람의 완고한 태도에 물러설 수밖에 없었습니다.

"그건 안 된다네. 그 사람을 구할 방법은 없어."

법무관의 말을 듣고 베르테르는 비통한 표정으로 그 자리를 벗어났습니다.

그의 말에 베르테르가 얼마나 큰 충격을 받았는지 서류 속에서 발견된 쪽지를 통해서도 알 수 있었습니다. 이 쪽지는 분명 그날에 쓴 것입니다.

"구원받을 수 없는 가엾은 사람이여! 우리는 결코 구원받을 수 없다는 것을 나는 잘 알고 있네."

알베르트가 법무관 앞에서 범인에 대해 진술하였습니다. 그 말을 들은 베르테르는 기분이 몹시 상했습니다. 알베르트의 말 속에는 분명 자신에 대한 반감도 들어 있다고 느꼈기 때문입니다. 베르테르는 원래 현명한 사람이기에 조금만 더 생각했다면 그 두 사람의 말이 틀리지 않았다는 것을 모를 리 없었겠지만, 그 사실을 고백하고 인정한다면 자신의 가장 중요한 본질을 부정하는 것이라고 생각했기 때문입니다.

이러한 상황과 관련한 쪽지도 그의 서류 속에서 발견되었습니다. 이것을 통해 베르테르와 알베르트의 관계를 분명히 알 수 있으리라 짐작됩니다.

"아무리 그가 멋지고 착한 사람이라고 수없이 말한들 무슨 소용이 있을까. 나의 모든 장기들이 갈가리 찢기는 심경이다. 나는 결코 공정해질 수가 없다."

날씨가 따뜻한 겨울 저녁이었습니다. 로테와 알베르트는 걸어서 돌아왔습니다. 그녀는 마치 베르테르가 뒤따라오지 않는 게 아쉬운 듯 몇 번이나 뒤를 돌아봤습니다. 알베르트는 베르테르의 이야기를 꺼내며, 그의 판단이 옳지 못하다고 지적했습니다. 그는 베르테르의 불행한 열정에 대해 이야기했으며 가능하면 그를 멀리하고 싶다는 말을 했습니다.

"우리 두 사람을 위해서도 그것이 옳다고 생각해요."

그가 말했습니다.

"부탁이니 그가 당신에 대한 태도를 바꿀 수 있도록 당신도 조심해 줘요. 그리고 그가 너무 자주 집에 찾아오지 않도록 해주시오. 계속 그런 태도를 보인다면 사람들이 주시하게 될 것이고, 벌써 곳곳에 이런저런 소문이 돌고 있소."

그가 덧붙여 말했습니다. 로테는 아무 말도 하지 않았습니다. 알베르트는 그런 로테의 침묵이 신경 쓰였습니다. 그날 이후 알베르트는 로테에게 베르테르에 대한 언급을 하지 않았으며, 로테가 베르테르에 관한 이야기를 할 때면 중간에 이야기를 끊거나 화제를 돌리곤 했습니다.

베르테르는 그 가엾은 사람을 구하려고 온 힘을 다해 애썼습니다. 마치 가물거리며 꺼져가는 마지막 불꽃처럼 말입니다. 그럴수록 그는 더 깊은 괴로움에 빠져들었고 아무것도 할 수 없었습니다. 범인은 그 사건에 대해 강력하게 부인하고 있었기 때문에, 자신이 반대 증인으로 불려갈지도 모른다는 이야기를 들었습니다. 그 말을 들은 그는 미쳐버릴 지경이었습니다.

그동안 그가 겪었던 불쾌한 일들과 공사관에서 있었던 화가 나는 일들, 그리고 자신이 저지른 실수들과 마음 아팠던 모든 일들이 그의 머릿속에 떠올랐습니다. 이런 일들 때문에 자신이 헛된 세월을 보낸 것도 어쩌면 당연한 일이라고 생각했습니다. 미래에 대한 희망도 없어져버렸고, 남들처럼 평범한 생활을 하려 해도 그들과 함께할 수 없다고 느꼈습니다. 결국 그는 이 모든 것들을 자신의 특이한 생각과 사고, 무한한 열정에 맡기기로 했습니다. 사랑하는 여인과 단조롭고 비극적인 관계를 유지하면서 그녀의 평온함을 파괴하고, 자신의 정력을 쏟아부었기에 그의 인생은 슬프게도 파국을 향해 가고 있었습니다.

그의 정신적인 혼란스러움과 정열, 지치지 않는 움직임과 노력, 그리고 권태로움 등에 관해서는 가장 확실한 증거인 그가 남긴 편지 몇 통을 통해 알려드리겠습니다.

12월 12일

　사랑하는 빌헬름! 지금의 내 상태는 분명 귀신에 쫓기는 불행한 사람들의 마음과 같을 것이네. 나는 가끔씩 나를 엄습해 오는 무엇인가를 느낀다네. 불안함도 갈망도 아닌 그 무엇을. 그것은 내 안의 격렬한 분노라네. 내 심장을 찢고 내 목을 조르려고 나를 위협하는 분노. 나는 참을 수 없다네! 더 이상은 참을 수 없어! 그럴 때면 나는 이리저리 방황하며 지독한 이 계절의 두려운 밤길 속을 헤매곤 한다네.

　어젯저녁에도 나는 외출을 했네. 날씨가 풀려서 눈이 녹고, 강물이 범람했으며, 시냇물도 모조리 넘쳐흘러서 내가 좋아하던 발하임의 아래쪽 골짜기가 전부 침수되었다는 이야기를 들었네. 나는 밤 열한 시가 넘은 그 시각에 집에서 뛰쳐나왔다네. 그때 나는 정말로 무서운 광경을 보았다네. 바위 위에 올라 내려다보니, 달빛이 비추는 가운데 세차게 흐르는 물살이 밭과 목장, 울타리 같은 것들을 모두 휩쓸어버렸고, 여기저기서 몰아치는 폭풍우 때문에 골짜기는 거센 파도가 치는 바다처럼 변해 있었다네! 얼마 후 먹구름 위로 달이 떠올랐고, 그 달빛은 물살을 휘황찬란하게 비추었다네. 물살은 소리를 내며 흘러갔고, 그때 나는 온몸에 전율을 느꼈다네. 무언가에 대한 그리움을 느꼈다고나 할까. 그때 나는 양팔을 활짝 펼치고 그 깊은 물살을 향해 깊은 한숨을 쉬었다네.

'뛰어! 아래로! 저 아래로!'

나의 고통과 슬픔은 그렇게 모두 휩쓸려 내려갔고, 나는 기뻐서 정신이 혼미해졌다네. 아, 하지만 나는 모든 고통을 끝낼 수 있도록 발을 떼지는 못했네. 아직 나의 시간은 끝나지 않았다는 것을 느꼈지. 오, 빌헬름! 폭풍우가 되어 구름을 산산조각 내버리고, 홍수를 낼 수 있다면 나는 내 목숨을 바쳐도 전혀 아까울 것이 없다네! 이 세상에 갇혀버린 내 영혼도 언젠가는 그 기쁨을 누릴 수 있겠지.

무더웠던 어느 여름날, 로테와 거닐다가 잠시 머물렀던 그 버드나무의 그늘도 물에 잠겨 알아볼 수 없게 되었다네. 나는 그저 안타까운 마음으로 바라볼 수밖에 없었지. 빌헬름, 나는 로테의 목장과 수렵 별장이 어떻게 되었을지 생각해 보았네. 지금쯤 그 정자는 급류에 휩쓸려 다 망가졌을 테지. 수감 중인 죄수가 가축들과 목장을 소유하고, 고위급 인사가 되는 희망을 갖는 것처럼, 내 마음속에 과거의 영광스런 햇살이 스며들었다네. 나는 그 자리에서 미동도 하지 않고 서 있었네! 나는 더 이상 내 자신을 책망하지 않겠네. 나는 이미 죽을 각오가 되어 있으니. 나는 지금 이곳에 앉아 있다네. 인생의 즐거움을 느껴본 적 없는 노인이, 한순간이라도 삶을 연장해서 편하게 살고 싶은 마음으로 울타리에서 땔감을 구하고, 남에게 먹을 것을 구걸하는 모습처럼 그렇게 있다네.

사랑하는 친구여, 이게 어떻게 된 일인지 모르겠네. 내가 나 스스로를 겁내고 놀라고 있으니! 그녀를 향한 나의 사랑은 신성하고도 순수한 남매와 같은 사랑이 아니었던가? 나는 지금껏 그녀에게 죄악과 같은 희망을 품거나 욕망을 가졌던 적이 있었던가? 하지만 그렇다고 맹세할 수는 없겠지. 나는 꿈을 꾸었다네. 이렇게 앞뒤가 맞지 않는 모순된 행동을 옛날 사람들은 진실한 마음으로 불가항력이라고 믿었던 것이지. 지난밤에 있었던 일이네! 그 이야기를 꺼내는 것조차 두렵지만 나는 그녀를 가슴에 꼭 끌어안고 사랑을 노래하는 그녀의 입술에 뜨겁게 키스를 했네. 내 눈은 기쁨에 가득 찬 그녀의 눈동자 속으로 빨려들고 말았지. 오, 신이시여! 그때의 그 기쁨을 가슴 깊이 그리워하여 지금 다시 꺼내보며 행복해한다면 그것은 죄악입니까? 로테!

이제 나는 끝인 것 같네! 모든 감각은 혼미해지고, 일주일 전부터 제대로 생각할 수도 없다네. 나의 눈은 눈물이 가득 고여 있다네. 나는 어느 곳을 가도 불행하기에 이제 내가 어디에 있든 상관이 없다네. 더 이상 아무것도 바랄 게 없으니 이제는 떠나야 할 때가 온 것 같네.

그 무렵 그러한 상황 속에서 세상을 떠나려는 베르테르의 결심은 더욱 확고해졌습니다. 로테의 곁으로 다시 돌아온 후에 그는 죽음에 마지막 희망을 걸었습니다. 하지만 그는 스스로 다짐했습니다. 너무 서둘러서도 안 되고 확신이 생기면 단호하게 결심을 하며 마지막을 준비해야 한다고 말입니다.

그동안의 망설임과 자신과의 싸움이 그가 남긴 쪽지 한 장에 잘 드러나 있습니다. 아마도 빌헬름에게 보내는 편지의 서두라고 생각되는데, 그 쪽지에 날짜는 없었고 다른 서류 뭉치 사이에서 발견되었습니다.

그녀가 이 세상에 존재한다는 것, 그녀의 모습과 나의 운명에 대한 그녀의 진실한 마음 때문에 이제는 모든 것이 사라져버린 내 마음도 마지막 눈물을 흘린다네.

장막을 걷어버리고 그 세계에 발을 디디면 그 순간 모든 것은 끝나버린다네! 하지만 왜 나는 주저하며 두려워하고 있는 것인가? 그곳이 어떤 곳인지 몰라서, 아니면 다시는 돌아올 수 없는 곳이라서 그러는 것인가? 우리가 무엇인가를 확실히 알지 못할 때 그곳은 혼란과 어둠의 세계라고 상상하게 되는 것이지. 인간의 본성은 바로 그런 것이지.

이런 우울한 생각에 익숙해진 베르테르는 점점 더 깊은 슬픔 속으로 빠져들었습니다. 죽음을 향한 베르테르의 결심은 되돌릴 수 없을 만큼 확고해졌습니다. 이 사실은 베르테르가 그의 친구에게 보낸, 모호한 의미를 담고 있는 편지를 통해 잘 알 수 있습니다.

12월 20일

빌헬름, 그 말을 그렇게 이해해 주다니 정말 고맙네. 물론 자네가 옳다네. 나는 떠나야 할 것 같네. 하지만 그대들에게 오라는 자네의 제안은 좀 망설여지는군. 나는 좀 돌아서 가야 할 것 같네. 앞으로 추위가 계속 이어지면 도로 사정도 좋지 않을 테니 말이야. 나를 데리러오겠다는 말도 정말 고맙네. 하지만 2주일만 더 참아주게. 내가 편지로 자세하게 이야기할 테니 그때까지 기다려 주게나. 어떤 것이든 완숙되지 않을 때는 수확하지 않는 게 좋지. 별 것 아닌 것 같아도 2주의 차이는 꽤 큰 것이네. 어머니께는 아들을 위해 기도해 달라고 말씀드려주게. 또 내가 어머니께 심려를 끼친 일들에 대해서는 죄송하다고 전해 드리게. 나는 행복하게 해 주어야 할 사람들을 오히려 슬프게 만들었다네. 아, 이것도 나의 운명인 것인가. 그럼 잘 있게! 사랑하는 친구여! 자네에게 신의 은총이 함께하기를! 안녕!

그 당시, 자신의 남편과 그 가엾은 친구에 대한 로테의 마음을 어떻게 표현할 수 있을지 모르겠습니다. 하지만 우리는 그녀를 잘 알고 있기 때문에 추측해 볼 수 있을 것입니다. 아름다운 영혼을 지닌 여성이라면 그런 로테의 마음을 함께 느낄 수 있을 것입니다.

로테는 베르테르와 거리를 두기 위해 모든 방법을 다 쓰겠다고 결심했습니다. 그것만은 확실합니다. 그동안 그녀가 주저했던 것은 분명 친구를 위한 진심 어린 우정 때문이었을 것입니다. 그로 인해 베르테르가 얼마나 괴로워할지 그녀는 누구보다 잘 알고 있었고, 어쩌면 그것은 불가능한 일이라는 것 또한 잘 알고 있었을 것입니다. 하지만 그녀는 그 무렵 자신의 태도를 확실하게 해야 했습니다. 그 일과 관련해서 그녀와 그녀 남편은 둘 다 아무런 언급조차 하지 않았습니다. 그 때문에 그녀는 더 남편에게 자신의 확고한 태도를 보여주면서 남편과 같은 마음이라는 것을 알려주어야 한다고 생각했습니다.

크리스마스 직전의 일요일, 베르테르는 친구에게 이 글의 마지막에 있는 편지를 썼습니다. 그는 그날 저녁에 로테를 만났던 것입니다. 로테는 혼자 있었으며 동생들을 위한 크리스마스 선물을 준비 중이었습니다. 아이들이 참 좋아할 것이라는 말과 더불어 베르테르는 자신의 어린 시절 이야기를 꺼냈습니다. 마치 천국에 온 것처럼 갑자기 문이 열리며 양초, 과자, 사과 등이 장식된 트리가 등장해서 정말 행복했다는 이야기였습니다.

"당신께서도."

로테는 사랑스러운 미소를 지으며 자신의 당황스러움을 감추려 했습니다.

"조용히 기다리시면 당신도 작은 양초나 다른 무언가를 선물로 받으실 수 있을 거예요."

"조용히 기다린다는 건 어떤 겁니까?"

그가 물었습니다.

"어떻게 하면 되죠? 무엇을 하면 될까요, 로테!"

"목요일이 크리스마스이브예요. 그날 저녁에 아이들도 오고 아버지께서도 오시기로 했어요. 그날 모두 선물을 받게 되니 당신도 꼭 오세요. 하지만 그 전에는 오시면 안 돼요."

베르테르는 그녀의 말에 움찔했습니다.

"부탁드립니다. 그 방법 외에는 없어요. 저를 위해서라도 꼭 그렇게 해주세요. 이 상태로는 안 될 것 같아요. 계속 이럴 수는 없어요."

그는 시선을 돌리고 방 안을 왔다 갔다 하며 '이 상태로는 안 될 것 같아요.' 라고 속으로 되뇌었습니다. 로테는 베르테르의 정신이 혼미해졌다는 것을 그의 말투를 통해 짐작할 수 있었습니다. 그래서 이런저런 질문을 하면서 그의 생각을 다른 화제로 돌리고 싶었지만 소용없었습니다.

"알겠어요, 로테!"

그가 소리쳤습니다.

"다시는 당신을 만나지 않겠습니다!"

"왜 그런 말씀을 하시나요?"

그녀가 물었습니다.

"베르테르, 당신은 우리와 만날 수 있으며 만나주셔야 해요. 하지만 조금 조절을 해주세요. 당신은 왜 한 번 시작한 일은 끝까지 가야만 하는 고집스러운 열정과 격렬함을 가지신 건가요! 제발 부탁이에요."

그렇게 말하며 로테는 그의 손을 잡았습니다.

"조금만 조절해 주세요! 당신이 가진 정신과 학식, 재능이 당신에게 기쁨이 되어줄 거예요! 부디 남자답게 행동해 주세요. 저는 당신을 안타깝게 여기며 연민을 가지는 것밖에는 아무것도 할 수가 없어요. 이런 저를 향한 당신의 슬픈 마음을 다른 곳으로 돌려주세요."

베르테르는 화를 억누르며 슬픈 얼굴로 그녀를 바라보았습니다.

"베르테르, 잠깐이라도 마음을 가라앉히세요!"

그녀가 말했습니다.

"당신은 자신을 속이며 스스로를 파괴하고 있다는 것을 모르시겠어요? 왜 하필 저를, 베르테르! 다른 사람의 여자인 저를 왜? 저를 소유할 수 없기 때문에 당신은 더 갈망하고 있는지도 모르겠어요. 그래서 저는 정말 두려워요."

베르테르는 로테의 손에서 자신의 손을 빼고는 언짢은 표정으로 로테를 바라보았습니다.

"현명하시군요!"

베르테르가 외쳤습니다.

"정말로 빈틈없이 완벽하군요! 아마도 알베르트가 한 말이겠죠! 정치적이네요. 아주 정치적이에요!"

"그런 말은 누구나 할 수 있어요."

로테가 대답했습니다.

"이 넓은 세상에서 당신의 소망을 이뤄줄 여자가 단 한 명도 없을까요? 마음만 먹으면 분명 찾을 수 있을 거예요. 저는 오래전부터 당신과 우리 사이가 걱정이 되었어요. 당신은 요즘 스스로를 가둬놓고 괴롭히고 있어요. 마음을 정리하고 기운을 내세요. 여행이라도 다녀오시면 좀 나아지실 텐데. 소중한 사람을 찾아서 돌아오세요. 그래서 우리가 함께 행복한 우정을 쌓을 수 있으면 좋겠어요."

"그런 말은."

그는 차갑게 웃으며 말했습니다.

"인쇄해서 모든 가정교사들에게 나눠주십시오. 사랑하는 로테! 저에게 시간을 주십시오. 그러면 모든 일이 잘 해결될 수 있을 겁니다."

"알겠어요, 베르테르. 하지만 크리스마스이브 전까지는 만나지 말기로 해요!"

베르테르가 대답하려던 찰나에 알베르트가 방으로 들어왔습니다. 그들은 차가운 인사를 서로 주고받은 후에 서먹한 모습으로 방 안을 거닐었습니다. 베르테르가 실없는 이야기를 꺼내보기도 했지만 곧 끝이나 버렸고 알베르트도 그러했습니다. 알베르트는 로테에게 부탁한 일에 대해 물어보았습니다. 아직 다 안 됐다는 그녀의 대답을 듣고서는 그에 대해 몇 마디 말을 했을 뿐이었습니다. 알베르트의 그 말투가 베르테르에게는 너무도 차갑고 가혹하게 들렸습니다. 베르테르는 그 자리를 떠나려고 했지만 망설이다가 여덟 시까지 머물었습니다. 베르테르의 불쾌함과 불만은 계속 고조되었고, 식사 준비가 다 되었을 무렵 그는 모자와 지팡이를 집어 들고 나왔습니다. 좀 더 있다가 가라는 알베르트의 말은 그저 인사치레 같아서 그는 고맙다고 차갑게 인사하며 밖으로 나왔습니다.

베르테르는 집으로 돌아왔습니다. 하인이 등불을 들고 불을 밝혀주려고 하자 그는 등불을 받아들고 혼자서 자신의 방으로 들어갔습니다. 그리고 큰 소리로 울었습니다. 그러다 감정이 격해져서 무어라 혼잣말을 하기도 하고 시끄럽게 방 안을 돌아다니기도 했습니다. 그러다가 옷을 입은 채 그대로 침대에 쓰러졌습니다. 열한 시쯤 되었을 무렵 하인이 그의 장화를 벗겨도 될지 물어보기 위해 방으로 들어왔습니다. 베르테르는 장화를 벗기라고 하면서 내일 아침에 자신이 부를 때까지 누구도 방에 들어오지 말라며 단단히 일러두었습니다.

12월 21일 월요일 아침, 베르테르는 로테에게 편지를 썼습니다. 이 편지는 그가 세상을 떠난 뒤 그의 책상에서 봉인된 채 발견되어 로테에게 전해졌습니다. 여러 가지 정황으로 짐작해 볼 때 그가 이 편지를 어떤 상태에서 썼는지 알 수 있었습니다. 그의 심경을 좀 더 명확하게 전달하기 위해 여기에서도 그가 썼던 것처럼 드문드문 그의 편지를 소개하겠습니다.

로테, 드디어 나는 결심했습니다. 나는 이 세상을 떠나려 합니다. 나는 지금 이 편지에 어떤 미사여구도 쓰지 않고 차분한 마음으로 쓰고 있습니다. 마지막으로 당신을 보게 될, 그날 아침에 이 글을 쓰고 있습니다. 사랑하는 로테, 당신이 이 편지를 볼 때쯤이면 불행하고도 불안정했던 한 남자의 굳어버린 몸은 차가운 무덤 속에 있을 것입니다. 그는 생의 마지막 순간까지도 당신과 이야기를 나누는 것보다 더 큰 기쁨은 알지 못했던 그런 사람이었습니다. 지난밤은 참으로 비참하고 두려웠습니다. 하지만 아아, 자비로운 밤이기도 했지요. 내 결심이 확고해지던 밤이었으니까요. 어제 감정이 격해져서 당신을 뿌리치고 나온 이후로 모든 것들이 가슴 깊은 곳으로 밀려왔습니다. 당신 곁에서 어떠한 희망도 기쁨도 없는 내 존재가 너무 비참해졌고 그러한 사실이 나를 차갑게 옭아

맺습니다. 나는 겨우 방으로 돌아와 정신을 차리지 못한 채 무릎을 꿇었습니다. 오, 신이시여! 쓰라린 눈물을 흘릴 수 있도록 허락해 주신 당신은 저에게 마지막 위로가 되어주셨습니다! 여러 가지 생각과 희망으로 내 가슴은 요동쳤지만 죽음이라는 단 하나의 결심만은 확실해졌습니다.

나는 자리에 누웠고 다음 날 아침에 눈을 떴을 때 마음은 평온했지만 죽는다는 그 생각은 변하지 않았습니다. 이 생각은 내 가슴속에서 너무도 확고하게 자리를 잡고 있었습니다. 그것은 절망이 아니었습니다. 스스로 잘 참고 견뎌온 나 자신을 당신께 희생하겠다는 확신이 들었기 때문입니다. 그래요, 로테! 내가 그것을 굳이 숨길 이유가 어디 있겠습니까? 우리 세 사람 중 하나가 사라져야 한다면 당연히 내가 사라져야겠지요! 아아, 사랑하는 로테, 이 상처 입은 아픈 가슴속에 항상 정신없이 떠돌던 생각이 하나 있었습니다. 당신의 남편을 죽이고 싶다는 생각! 아니면 당신을, 아니 나 자신을 죽이자! 날씨가 좋은 여름날 저녁에 당신이 산에 오르게 된다면, 이 골짜기를 자주 오르던 내 모습을 기억해 주십시오. 그리고 노을 지는 햇살 속에서 높이 자란 풀들이 바람에 흔들릴 때 내 무덤도 바라봐 주십시오. 이 글을 쓰기 시작했을 때는 평온한 마음이었는데 모든 광경들이 선명하게 되살아난 지금, 나는 어린아이처럼 눈물을 흘리고 있습니다.

베르테르는 밤 열 시쯤이 되어 하인을 불렀고, 얼마 후에 여행을 떠날 계획이니 옷을 챙기고 모든 채비를 하라고 전했습니다. 그리고 모든 빚을 정리하고 빌려준 책들도 찾아오라고 하였으며, 어려운 사람들에게 매주 지급했던 돈은 두 달 것을 미리 지급하라고 전했습니다.

그는 하인에게 음식을 가져오라고 하여 식사를 했으며, 식사 후에는 말을 타고 법무관을 만나러 갔지만 법무관은 외출 중이었습니다. 그는 상념에 빠져 정원을 이리저리 돌아다녔습니다. 마치 슬픈 추억을 하나하나 쌓아두려는 듯 말입니다.

베르테르는 아이들에게 시달렸습니다. 그들은 그를 쫓아다니며 몸에 매달리기도 하고 내일, 모레, 또 하루가 지나면 로테의 집에서 크리스마스 선물을 받는다고 이야기했습니다. 아이들은 또 어떤 선물을 받을지, 그 신비한 선물에 대해 마음껏 상상의 날개를 펼치며 떠들어댔습니다.

"내일, 모레, 그리고 하루만 더 지나면!"

베르테르가 크게 외쳤습니다. 베르테르는 아이들 모두에게 진심 어린 키스를 해주었습니다. 그리고 막 떠나려고 하는 순간, 한 아이가 다가와 그에게 귓속말을 했습니다. 그 아이는 형들이 멋있는 연하장을 크게 써놓았다고 베르테르에게 알려주었습니다. 설날 아침에 전해 주려고 아버지께 한 장, 알베르트와 로테에게 한 장, 그리고 또 한 장은 베르테르에게 썼다는 것이었습니다. 그 말을 듣고 베르테르는 가슴이 뭉클했습니다. 그는 아이들에게 약간의 용돈을 주었고, 아버지께 안부를 전하라는 말을 남기고 눈물을 글썽이며 말을 타고 그곳을 떠났습니다.

다섯 시쯤 집에 돌아온 베르테르는 난롯불이 밤까지 꺼지지 않게 잘 살피라고 하녀에게 일러두었습니다. 또 책과 내의를 가방 속에 넣어두고 다른 옷들은 보자기에 싸서 잘 봉인해 두라고 하인에게 말했습니다. 그리고 그 후에 베르테르는 로테에게 다음과 같은 마지막 편지의 구절을 쓴 것 같습니다.

당신은 내가 올 것이라 기대하고 나를 기다리고 있는 것은 아니겠지요! 당신이 말한 대로 내가 크리스마스이브에 방문할 거라 당신은 믿고 있겠죠. 오, 로테, 하지만 오늘이 아니면 우리는 다시는 만날 수 없을 것입니다. 당신은 크리스마스이브에 떨리는 마음으로 이 편지를 읽으며 뜨거운 눈물을 흘리며 이 편지를 적실 테지요. 나는 죽고 싶습니다. 반드시 그렇게 할 것입니다! 아아, 그렇게 결심하고 나니 오히려 마음이 평온합니다.

그 무렵 로테는 이상한 기분이 들었습니다. 베르테르와 마지막으로 이야기를 나눈 후 헤어졌던 그녀는 그와의 이별이 얼마나 힘든 것인지, 또 베르테르가 그 일로 얼마나 힘들어할지를 확실히 알게 된 것입니다.

그녀는 알베르트에게 크리스마스이브 전에는 베르테르가 오지 않을 거라고 지나가는 말로 이야기했습니다. 알베르트는 해야 할 일이 있었기에 말을 타고 근처에 있는 관리를 만나러 갔고, 그곳에서 그와 함께 처리해야 할 일이 있었기에 하룻밤 묵고 온다고 했습니다.

그래서 그녀는 혼자 앉아 있었습니다. 그녀 주변에는 동생들도 없었습니다. 그녀는 침착하게 자신의 상황을 살펴보았습니다. 그녀는 남편과 영원히 함께할 거라 생각했고 또 그의 사랑과 진실된 마음을 누구보다 잘 알고 있었으며 그녀 역시 남편을 진심으로 사랑했습니다. 침착하고도 신뢰를 주는 남편의 성품은 좋은 여자가 그를 믿고 행복하게 살 수 있도록 하늘이 정해 준 운명 같았습니다. 그는 그녀와 자신의 아이들에게도 항상 소중한 존재라는 것을 알게 되었습니다. 하지만 한편으로 베르테르 또한 그녀에게 너무도 소중한 존재가 되었습니다. 그를 처음 만난 그 순간부터 서로의 마음은 완벽할 정도로 통하는 부분이 많았고, 오랫동안 베르테르와 만나서 함께했던 모든 일들이 그녀에게 깊은 인상을 남겼습니다. 그녀는 어떤 것에 대해 호기심을 갖고 관심이 생기는 일들은 모두 베르테르와 함께 나누곤 했습니다. 그만큼 익숙해진 베르테르와 헤어진다면 그녀에게는 무엇으로도 메울 수 없는 공허함이 생길 것 같았습니다. 아아, 지금 이 순간 그가 나의 형제였다면 얼마나 좋을까! 그를 나의 여자 친구들 중 한 명과 결혼시키고 그와 알베르트와의 관계도 다시 좋아질 수 있다면 얼마나 좋을까!

로테는 친구들의 모습을 떠올려보았습니다. 하지만 다들 무엇인가 조금씩 부족한 것 같았고 베르테르와 어울릴 만한 사람은 한 명도 없었습니다.

수많은 생각을 떠올리며 그녀는 확언할 수는 없지만 그가 자신의 곁에 머물기를 바란다는 것을 처음으로 마음 깊이 느낄 수 있었습니다. 그렇지만 자신은 그를 붙잡을 수도 없고 붙잡아서도 안 된다고 마음속으로 다짐했습니다. 그토록 맑고 아름다운 마음으로 항상 쾌활했던 그녀도 이제는 더 이상 행복이란 희망을 가질 수 없다는 우울한 감정을 알게 된 것입니다. 그녀는 무엇인가에 억눌린 듯 답답했고 두 눈은 먹구름의 기운이 감돌았습니다.

여섯 시 반쯤 되었을 무렵, 그녀는 베르테르가 계단으로 올라오는 소리를 들었습니다. 그녀는 그의 발자국 소리와 그의 목소리를 금방 알 수 있었습니다. 그 순간 그녀의 가슴은 격렬하게 요동쳤으며 아마도 그가 찾아왔을 때 그녀의 심장이 이렇게 요동쳤던 것은 처음이었던 것 같았습니다. 그녀는 자신이 지금 집에 없는 것처럼 속여서라도 그를 만나고 싶지 않았습니다. 그래서 그가 방 안으로 들어왔을 때 그녀는 당황해하며 제정신이 아닌 것처럼 소리쳤습니다.

"약속을 어기셨군요!"

"나는 약속을 한 적이 없습니다."

그가 말했습니다.

"그래도 제 부탁을 들어주셨으면 좋았을 텐데요."

그녀가 말했습니다.

"저는 우리 두 사람이 서로 편해지기 위해서 부탁을 드렸던 거예요."

그녀는 자신이 무슨 말을 하고 무슨 행동을 하는 것인지조차 인식하지 못했습니다. 그녀는 그와 단둘이 있고 싶지 않아서 여자 친구 두세 명을 부르라며 하녀를 보냈습니다. 베르테르는 가져온 책들을 내려놓고 가족들의 안부를 물었습니다. 로테는 친구들이 와주기를 바라면서도 또 한편으로는 오지 않으면 하는 바람도 있었습니다. 곧 하녀가 돌아왔고 그녀는 친구들이 올 수 없다고 전했습니다.

로테는 하녀에게 다른 방에 가서 무언가 일을 하도록 시키려다가 생각을 바꿨습니다. 베르테르가 방 안을 돌아다니는 동안 로테는 피아노가 있는 쪽으로 다가갔습니다. 미뉴에트를 연주하려 했지만 잘 되지 않았습니다. 그녀는 마음을 진정시키고 차분한 마음으로 그의 옆에 가서 앉았습니다. 그는 언제나 그랬듯 긴 소파에 앉아 있었습니다.

"읽을거리가 필요하신가요?"

그녀가 말했습니다. 그는 읽을 만한 것이 하나도 없었습니다.

"저기 제 서랍에……."

그녀가 말했습니다.

"당신이 번역하신 몇 편의 '오시안의 노래'가 있어요. 저는 아직 읽어보지 못했어요. 실은 당신이 읽어주셨으면 하고 바랐거든요. 하지만 기회가 없었고 그렇게 할 시도조차 하지 못했어요."

베르테르는 웃으며 그 원고들을 가져왔습니다. 그 원고를 손에 쥔 순간 몸이 떨렸습니다. 원고를 보고 있으니 두 눈에는 눈물이 가득 고였습니다. 그는 소파에 앉아 그것을 읽기 시작했습니다.

저물어가는 밤하늘의 별이여, 서쪽 하늘에서 아름답게 반짝이는구나. 구름 사이로 빛나는 얼굴을 내밀며 언덕 위를 위풍당당하게 지나가는구나. 황야를 바라보며 그대는 무엇을 찾고 있는가.

폭풍우의 거센 소리도 잠잠해지고 시냇물 흐르는 소리가 저 멀리서 들려오는구나. 저 멀리 파도는 바위를 유혹하듯 출렁이고, 파리떼는 윙윙거리며 들판을 날아가는구나. 아름다운 빛인 그대여, 그대는 무엇을 바라보고 있는가? 미소 지으며 스쳐 지나가는 그대를 파도는 반갑게 끌어안고, 그대의 사랑스러운 머리카락을 감겨주는구나. 잘 있으라, 고요한 빛이여. 모습을 드러내라, 오시안의 영혼이 담긴 고매한 빛이여!

찬란한 빛이 마침내 힘찬 모습을 드러내는구나. 죽은 친구들의 모습이 예전처럼 다시 로라로 모여드네. 축축한 안개 기둥처럼 다가오는 핑갈은 그의 용사들에게 둘러싸여 있네. 노래하는 시인들을 보아라! 백발이 성성한 울린! 위풍당당한 리노! 사랑스러운 가인歌人 알핀! 그리고 애처롭게 탄식하는 미노나여! 친구들이여, 셀마의 축제 이후 그대들은 왜 이토록 변했는가. 언덕에서 불어오는 산들바람이 조용한 풀잎을 보듬어주듯이, 우리는 오직 노래라는 명예로 서로 다투지 않았던가.

그때 미노나가 아름다운 모습으로 앞으로 다가왔다네. 눈물이 가득 고인 그 눈은 지그시 내리뜨고, 언덕에서 부는 거센 바람에 머리카락이 흩날렸지. 그녀가 맑고 깨끗한 음성으로 노래를 시작하자, 용사들은 슬픔에 빠졌다네. 그들은 그동안 수차례 살가르의 무덤도 보았고, 불이 꺼진 창백한 콜마의 집도 보았기 때문이다. 아름다운 목소리를 지닌 콜마는 언덕 위에 혼자 남았네. 살가르는 반드시 돌아오겠노라고 약속했지만 주위는 어느새 캄캄한 어둠으로 가득했네. 이제 저 언덕 위에 쓸쓸히 앉아 있는 콜마의 소리를 들어보라!

콜마

밤이 되었네. 나는 지금 홀로 폭풍우 몰아치는 언덕 위에서 방황하고 있다네. 바람은 산속에서 격렬하게 휘몰아치고, 개울물은 요란스럽게 바위를 지나가네. 언덕에 홀로 버려진 나는 이 비를 피할 오두막 한 채도 없다네.

오, 달이여. 구름 속에서 고개를 내밀어라! 밤하늘의 별들이여,

그 모습을 드러내라! 나의 애인이 쉬고 있는 그곳으로, 한 줄기 빛을 밝혀 나를 안내해다오! 풀어진 활시위는, 사냥을 마치고 쉬고 있는 그의 곁을 지키고, 거친 숨을 내쉬는 사냥개들은 그의 주위를 서성이고 있으리라! 그런데 나는 수풀이 우거진 이 바위 위에 홀로 앉아 있다니. 소란스러운 강물과 격렬한 폭풍우 소리에 사랑하는 그대의 목소리가 들리지 않네!

살가르는 왜 망설이며 오지 않는가? 그 약속을 잊은 것인가? 바위와 나무도 저편에 그대로 있고, 이 주변을 유유히 흐르는 강물도 변함이 없는데. 어스름 짙어지면 이곳으로 꼭 다시 오겠다고 약속하지 않았던가. 아아, 살가르는 길을 잃고 헤매고 있는 것인가? 나의 훌륭하신 아버지와 오라버니도 버리고 그대와 도망치려 했는데! 서로의 집안은 오랫동안 원수였지만 우리 둘은 아니지 않은가. 오, 살가르여!

바람이여, 잠시만이라도 조용히 해다오! 강물이여, 잠깐만 멈추어다오! 골짜기까지 내 목소리가 들리도록, 길을 잃고 헤매는 그에게 들리도록! 살가르, 나예요! 나는 지금 당신을 이렇게 부르고 있어요! 나무와 바위가 있는 이곳에서요! 살가르, 사랑하는 그대여! 내가 바로 여기 있는데 그대는 무엇 때문에 그토록 망설이고 있나요?

보라, 달이 떠올랐도다. 강물은 골짜기를 흐르며 빛나고, 언덕 위에는 회색 바위가 솟아 있네. 하지만 그의 모습은 이 높은 산에서도 볼 수가 없네. 그의 소식을 전해 줄 개들도 보이지 않으니 나는 이곳에 홀로 앉아 있을 수밖에 없네.

저 아래 보이는 황야에 쓰러져 있는 사람들은 누구인가? 내가 사랑하는 그분인가? 나의 오라버니인가? 아아, 친구들이여, 알려다오! 하지만 아무 대답도 들리지 않네. 내 마음은 왜 이리 불안한 것인가! 아아, 그들은 이미 이 세상 사람들이 아니네! 결투를 벌였던 그들의 칼은 이미 핏빛이 되었네! 아아, 오라버니, 나의 오라버니, 왜 살가르의 목숨을 거두었나요? 아아, 살가르, 당신은 왜 내 오라버니의 목숨을 앗아갔나요? 나에게는 모두 다 소중한 사람인데! 아아, 당신은 언덕 위의 수많은 용사들 중에 가장 훌륭했는데! 그럼에도 불구하고 그렇게 싸웠던 것인가요. 제발 대답해 주세요! 내 목소리를 들어주세요! 사랑하는 사람들이여! 하지만 그들은 아무 말이 없네. 영원히 침묵하고 있네! 흙처럼 차가운 그대들의 가슴이여!

아아, 언덕 위의 바위와 폭풍우 몰아치는 산꼭대기에서 말해다오. 망자의 영혼이여! 나는 아무것도 두려울 게 없다네! 당신들은 어디에 있는 건가요? 깊은 산속 어느 동굴에 있는 건가요? 귀 기울여 들어봐도 희미한 소리조차 들리지 않고, 폭풍우 몰아치는 언덕 위에서도 아무 소식 들리지 않네.

슬픔에 잠긴 나는 하염없이 눈물만 흘리고, 아침이 밝아오기만을 기다린다네. 망자들의 친구들이여, 그들의 무덤을 파헤쳐다오!

그리고 내가 그곳에 갈 때까지 다시 덮어놓지 말아다오! 내 인생 모두가 한낱 꿈처럼 사라져버렸으니 나 홀로 남아서 무엇을 하겠는가! 나는 물살이 바위에 부딪치며 울려 퍼지는 이곳 시냇가에서 사랑하는 친구들과 함께 있으리라. 언덕 위에 어둠이 짙어지고 황야에 바람이 불어올 때, 내 영혼은 바람과 더불어 이곳을 떠돌며 그들의 죽음을 슬퍼하리라. 오두막에서 쉬고 있는 사냥꾼이 사랑스러운 친구들을 애도하는 내 목소리를 듣는다면, 슬프고도 감미로운 그 목소리를 두려워하면서도 사랑하리라. 그들은 나에게 모두 그토록 사랑스러웠으니!

아아, 미노나여, 토르만의 딸, 그녀가 수줍게 얼굴을 붉히네. 그대의 노래는 이러하였네. 우리는 콜마를 위해 눈물을 흘렸고 우리의 마음 또한 비통했다네.

하프를 들고 온 울린이 알핀의 노래를 들려주었지. 부드러운 알핀의 목소리, 뜨겁게 타오르던 리노의 영혼이여. 하지만 그들은 비좁은 무덤 속에 잠들어 있고, 그들의 목소리는 셀마에서 사라졌다네. 위대한 용사들이 살아 있었을 때, 사냥을 마치고 돌아온 울린은 언덕 위에서 들리는 그대들의 노랫소리를 들은 적이 있었지. 부드러우면서 슬픈 그 노래, 그 노래는 위대한 용사 모라르의 죽음을 애도하는 것이었네. 모라르의 영혼은 핑갈과 같았고, 그의 칼은 오스카르의 장검과 같았지. 하지만 모라르는 결국 쓰러지고 말았다네. 그의 아버지는 큰 슬픔에 잠겼고 장렬하게 전사한 모라르, 그의 여동생 미노나는 주체할 수 없이 많은 눈물을 흘렸다네. 아름다움을 구름 뒤에 감추고 폭풍우를 암시하는 서쪽 하늘의 달처럼, 울린의 노래가 들리기도 전에 미노나는 미리 물러났다네. 나는 그 슬픈 노래에 맞춰 울린과 함께 하프를 연주했다네.

리노

비바람이 멎은 한낮의 맑은 하늘에 구름이 흩어져 흘러가네. 태양은 쉴 새 없이 변하고 움직이면서 언덕을 비추고, 붉게 물든 산속 개울물은 골짜기로 유유히 흐르네. 개울물의 속삭임도 달콤하지만 내 귓가에 들리는 목소리는 더 감미롭구나. 그것은 죽은 이들을 애도하는 알핀의 목소리라네. 그들의 고개는 나이가 들어 구부러지고, 눈물이 고인 두 눈은 붉게 충혈되었다네. 천부적으로 뛰어난 가인歌人 알핀이여, 그대는 왜 홀로 언덕 위에 있는가? 숲속에서 불어오는 돌풍처럼 왜 그토록 애통해하는가? 저 멀리서 일렁이는 물결처럼 왜 그토록 슬퍼하는가?

알핀

리노여, 내 눈물은 망자들을 위한 것이며, 내 목소리는 무덤에 있는 그들을 위한 것이네. 그대는 언덕 위에서는 날렵하고 황야에서는 아름답다네. 하지만 그대도 모라르처럼 쓰러질 것이며, 그런 당신의 무덤 위에 슬픔에 잠긴 누군가가 찾아와 앉을 것이네. 언덕은 그대를 잊어버리고, 활시위는 풀린 채 팽개쳐져 있으리라.

아아, 모라르, 노루처럼 빠르게 언덕을 달리던 그대여, 그대는 어두운 밤하늘에 타오르는 불길처럼 무서운 존재였네. 폭풍우처럼 분노했던 그대여, 그대의 칼은 싸움터에서 황야를 향해 떨어지는 번개 같았노라. 비 내린 후의 산속 개울물 소리 같았던 그대의 목소리, 그 목소리는 저 멀리 언덕에서 들리는 천둥소리와도 같았노라. 그대의 손에 수많은 자들이 목숨을 잃고 쓰러졌고, 그대의 분노가 그들을 집어삼켰노라. 하지만 싸움터에서 돌아온 그대의 얼굴은 정말로 평온했노라! 폭풍우가 지나간 뒤의 태양 같았던, 밤하늘의 고요한 달빛 같았던 그대의 얼굴, 그리고 거센 폭풍이 지나간 바다처럼 고요했던 그대의 가슴이여.

이제 그대의 집은 좁아지고, 그대가 있는 자리는 암흑이라! 그대의 무덤까지는 고작 세 발자국이니라. 아아, 그토록 위대했던 그대였는데, 이끼 낀 네 개의 묘석만이 그대를 기리는 유일한 것인가! 잎이 다 떨어진 한 그루의 나무와 바람에 흔들리는 키 큰 풀들만이, 그토록 늠름했던 모라르의 무덤임을 사냥꾼에게 알려주네. 그런 그대의 모습을 보고 눈물을 흘려줄 어머니도 없고, 뜨거운 사랑의 눈물을 떨어뜨릴 여인도 없다네. 그대의 어머니 이미 세상을 떠나셨고, 모르글란의 딸도 죽었기 때문이네.

저기 지팡이를 짚고 다니는 사람은 누구인가? 나이를 먹어 백발이 되었고, 눈물이 고인 두 눈은 붉게 충혈되어 있구나. 오, 모라르여, 그는 바로 당신의 아버지라네. 자식이라곤 그대 하나밖에 없는, 바로 그대의 아버지라네. 그는 싸움터에서 용감했던 그대의 명성과, 이리저리 도망치던 적들의 이야기도 들었다네. 아아, 하지만 그대의 상처에 대해서는 듣지 못했노라! 모라르의 아버지여, 통곡하라! 하지만 당신의 아들은 듣지 못하리라. 죽은 자는 깊이 잠들어 있고, 흙으로 만든 베개는 낮으니라. 그대가 아무리 큰 소리로 아들을 불러도 듣지 못하고 깨어나지 못하리라. 아아, 그의 무덤에는 언제 아침이 찾아와 잠에서 깨어나라고 전할 수 있을까!

잘 있으라. 가장 고결한 사람이여, 싸움터의 승리자여! 하지만 싸움터에서 그대의 모습을 다시는 볼 수 없으리. 어두운 그 숲에서 빛나던 그의 칼도 이제는 볼 수 없으리. 그대는 후손 하나 남기지 못했지만, 그대의 노래가 그대의 이름을 오래도록 빛나게 하리. 그리하여 그대의 후손들은 싸움터에서 전사한 모라르의 이야기를 오래도록 듣게 되리!

슬퍼하는 용사들의 울음소리 크게 들리고, 비통한 아르민의 한숨소리는 가장 드높았네. 일찍이 젊은 나이에 싸움터에서 전사한 자식의 죽음이 떠올랐기 때문이네. 명성이 자자한 갈말의 영주 카르모르도 용사 아르민과 함께 그곳에 있었다네.

"아르민은 왜 그토록 한숨 쉬며 슬피 우는 것인가?"

그가 물었네.

"그대는 왜 울고 있는가? 저 노래가 그대의 마음을 즐겁게 하고 있지 않은가? 이 노래는 골짜기 위로 피어나는 호수의 안개와 같아서 이제 막 피어나려는 꽃들을 만발하게 해주노라. 하지만 태양이 다시 떠오르면 안개는 사라지니, 아르민, 바다가 에워싼 콜마의 통치자여, 그대는 왜 그토록 슬픔에 빠져 있는 것인가?"

나는 슬픔에 빠져 있네. 나는 한없는 슬픔에 빠져 있다네. 이 슬픔의 이유는 결코 작지 않네. 카르모르, 그대는 자식을 먼저 떠나보낸 적도, 꽃처럼 어여쁜 딸을 잃은 적도 없으리라. 용감하고 늠름한 콜가르도, 그토록 아름다운 아니라도 살아 있지 않은가. 그러니 아아, 카르모르여, 그대의 집안은 수많은 꽃들이 피어 있는 것처럼 번성하리라. 하지만 나 아르민은 이 집안의 마지막 후손이라네. 아아, 다우라여, 그대가 잠들어 있는 곳은 암흑이로다. 무덤에서 잠들어 있는 그대는 얼마나 답답하겠는가. 그대는 언제 일어나 나에게 아름다운 노래를 들려줄 것인가? 불어라, 가을바람이여! 저 어두운 황야를 향해 불어라! 숲 속의 냇물은 거세게 흐르고, 폭풍우는 떡갈나무 위에서 격렬하게 휘몰아쳐라! 아아, 달이여, 흩어진 구름 사이로 나와 그대의 창백한 얼굴을 보여주오! 그토록 강인한 아린달과 사랑스러운 다우라가 죽던, 내 자식들이 떠난 그날 밤을, 그 끔찍한 밤을 떠올리게 해다오!

나의 딸, 다우라여, 너는 정말로 아름다웠노라. 푸라 언덕의 달처럼 어여쁘고, 금방 내린 눈처럼 새하얗고, 숨 쉬는 공기처럼 달콤했노라! 아린달, 너의 활은 싸움터에서 강했고, 창은 재빨랐으며, 너의 눈빛은 파도 위의 안개 같았노라. 또 너의 방패는 폭풍우 속의 불기둥 같았노라!

싸움터에서 명성을 드높인 아르마르가 찾아와서 다우라에게 사랑을 고백했으니, 다우라는 차마 거절하지 못했다네. 또한 이들의 친구들도 두 사람의 앞날에 아름다운 기대를 하였네.

오드갈의 아들인 에라트, 그의 동생이 아르마르의 손에 죽었기에 에라트는 그에게 복수를 결심했네. 뱃사공으로 변장한 에라트가 찾아왔고, 물 위에 떠 있는 그의 배는 아름다웠네. 나이가 들어 그의 머리카락은 백발이 되었고, 위엄 있던 얼굴은 평온해졌다네.

"아름다운 아가씨여!"

에라트가 말했네.

"아르민의 사랑스러운 딸이여, 저기 바다 근처의 바위 위, 빨간 열매가 빛나는 저곳에서 아르마르가 당신을 기다리고 있소. 거센 파도를 건너 당신을 데려가기 위해 내가 온 것이오."

에라트를 따라갔던 다우라는 큰 소리로 아르마르를 불렀지만 아무 대답도 들리지 않았고, 그저 파도가 철썩이며 부딪히는 바위만 있을 뿐이었네.

"아르마르, 나의 사랑! 왜 이토록 나를 불안하게 만드는 건가요! 아르나르트의 아들이여, 대답해 주세요! 다우라가 당신을 부르고 있어요!"

　배신자 에라트는 비웃으며 육지로 달아났네. 다우라는 더 큰 소리로 아버지와 오라버니를 불렀네.

　"아린달이여, 아르민이여, 나를 구해 줄 사람은 아무도 없는 건가요?"

　그녀의 목소리는 바다 건너까지 퍼졌다네. 그때 나의 아들 아린달은 사냥을 하다가 지쳐서 언덕을 내려오고 있었네. 그의 허리춤에서는 화살들이 덜그럭거리며 부딪치고, 손에는 활이 쥐어 있었으며, 잿빛 사냥견 다섯 마리가 그의 주변으로 몰려왔다네. 그곳에서 대담한 에라트를 만난 아린달은, 에라트를 떡갈나무에 묶고 허리를 바짝 죄어 놓았네. 결박당한 에라트의 신음이 사방에 울려 퍼졌다네.

　아린달은 작은 배를 바다에 띄워 다우라를 찾아 떠났네. 그때 분노를 억누르지 못한 아르마르가 회색 깃털이 달린 화살을 쏘았네. 바람을 가르며 날아온 화살은, 아아, 아린달, 나의 아들이여! 네 가슴에 박혀버렸다네. 배신자 에라트 대신 네가 죽은 것이로다. 작은 배는 바위에 이르렀고, 아린달은 그곳에서 숨을 거두었노라. 아아, 다우라여! 네 오라비는 너를 앞에 두고 그렇게 쓰러졌다네. 그 비통함을 어찌 설명할 수 있겠는가.

　파도가 몰아쳐 작은 배는 산산조각이 났다네. 아르마르는 다우라를 살리지 못할 바엔 차라리 죽음을 택하려고 스스로 바다에 뛰어들었다네. 그때 언덕 위에서 바다로 거센 바람이 불어와 파도는 격렬해졌고, 물속에 가라앉은 아르마르는 다시는 모습을 보이지 않았네.

나는 파도가 부딪치는 바위에 홀로 앉아, 슬퍼하는 내 딸의 울음소리를 들었노라. 그 애통한 소리를 듣고도 아버지인 나는 어찌할 도리가 없었노라. 나는 희미한 달빛 속에서 밤새도록 내 딸을 지켜보았고, 밤새워 우는 그 소리를 들었노라. 바람이 거세게 불었고, 비는 세차게 퍼부었노라. 날이 밝아오기 시작하자 딸의 목소리는 점점 희미해졌고, 내 딸은 바위틈에 자란 풀들을 스쳐가는 저녁 바람같이 세상을 뜨고 말았도다. 슬픔에 빠진 다우라는 세상을 떠났고, 아르민만 남았노라. 싸움터에서 용맹했던 나의 모습도, 여자들이 칭송하던 나의 긍지도 모두 사라져버렸노라.

폭풍이 몰아쳐 파도가 거세질 때면, 나는 바닷가에 앉아 저 끔찍한 바위를 바라본다네. 나는 얼마나 자주 저물어가는 달빛 속에서 내 자식들의 영혼을 떠올렸던가! 어둠 속에서 희미하고 슬프게 떠돌던 그들의 영혼을!

로테의 눈에서는 눈물이 쉴 새 없이 흘러내렸고, 그 눈물은 답답했던 로테의 가슴을 숨 쉬게 해주었습니다. 하지만 베르테르는 그 모습을 보고 잠시 읽는 것을 중단했습니다. 그는 원고를 내려놓고 그녀의 손을 잡으며 슬프게 울었습니다. 로테는 다른 손으로 손수건을 꺼내 눈을 가렸습니다. 두 사람은 깊은 감동을 받았습니다. 그 숭고한 사람들의 운명을 통해 자신들의 슬픈 운명을 보았던 것이며, 그때 두 사람의 마음이 통했던 것입니다. 또한 두 사람의 눈물은 그들을 하나로 만들었습니다. 자신의 팔에 닿은 베르테르의 눈과 입술 때문에 로테는 마음이 뜨거워졌습니다. 온몸에 전율을 느낀 로테는 그 상황에서 벗어나고 싶었지만, 그녀를 무겁게 누르고 있던 괴로움과 연민 때문에 꼼짝도 할 수가 없었습니다. 로테는 마음을 진정시키고 흐느끼면서, 베르테르에게 나머지를 계속 읽어달라고 했습니다. 마치 신이 내려주신 천사 같은 목소리로 말입니다. 베르테르는 몸이 떨리고 가슴이 먹먹해졌습니다. 그는 원고를 다시 집어 들고 더듬더듬 읽기 시작했습니다.

봄바람이여! 그대는 어째서 나를 깨우는 것인가? 그대는 정답게 '하늘의 이슬로 그대를 적셔주노라.' 라고 속삭이는구나. 하지만 나는 곧 시들어버릴 것이고, 내 잎을 떨어뜨릴 폭풍우도 가까이 다가왔노라. 내일이 오면, 일찍이 내 아름다운 모습을 마음에 담았던 한 나그네가 찾아오리라. 그는 들판을 헤매며 나를 찾겠지만 결국에는 나를 찾아내지 못하리라.

이 구절의 강력한 힘은 불행한 베르테르의 마음을 압도했습니다. 절망에 빠진 베르테르는 로테 앞에 무릎을 꿇고, 그녀의 손을

잡고 자신의 눈과 이마에 갖다 댔습니다. 그 순간 베르테르의 무
서운 계획에 대한 불안한 예감이 로테의 머리를 스치고 지나갔습
니다. 정신이 혼미해진 그녀는 베르테르의 두 손을 자신의 가슴에
모아 쥐고 주체할 수 없는 감정에 사로잡혀 베르테르를 향해 몸을
굽혔습니다. 뜨겁게 달아오른 두 사람의 볼이 닿자, 그 순간 두 사
람은 아무것도 보이지 않았습니다. 베르테르는 그녀를 두 팔로 꼭
끌어안고 그녀의 입술에 격렬하게 키스했습니다.

"베르테르!"

그녀는 고개를 돌리며 숨 막히는 목소리로 말했습니다.

"베르테르!"

그녀의 힘없는 가녀린 손이 베르테르의 가슴을 밀쳤습니다.

"베르테르!"

그녀는 숭고한 마음이 담긴 목소리로 차분하게 외쳤습니다. 베
르테르는 더 이상 그녀를 제압하려 하지 않았습니다. 그는 끌어안
고 있던 로테를 놓아주고는 그녀 앞에서 정신을 잃고 엎드렸습니
다. 로테는 그에게서 벗어나 일어났습니다. 그녀는 이것이 사랑의
감정인지 노여움인지조차 알 수 없었습니다. 혼란스러운 그녀는
몸을 떨며 불안하고 혼란스러운 목소리로 말했습니다.

"이것이 마지막이에요! 베르테르! 다시는 당신을 만나지 않겠어
요!"

그러고 나서 그녀는 가엾은 그를 사랑스러운 눈빛으로 바라보

앞습니다. 그러다가 서둘러 옆방으로 달려가 문을 잠갔습니다. 베르테르는 두 팔을 뻗어보았지만 차마 붙잡을 수 없었습니다. 그는 소파에 머리를 기대고 바닥에 쓰러져 있었습니다. 반 시간 이상을 그렇게 있다가 식사를 준비하려는 하녀의 소리를 듣고 정신이 들었습니다. 베르테르는 방 안을 왔다 갔다 하다가 하녀가 나가자 로테가 있는 옆방의 문 앞으로 다가가 그녀에게 낮은 목소리로 말했습니다.

"로테! 로테! 한 마디만 더 할게요! 잘 지내라는 마지막 인사라도 할 수 있게 해줘요!"

하지만 그녀는 아무 대답도 하지 않았습니다. 대답을 기다리던 베르테르는 한 번 더 부탁을 하고 기다렸습니다. 그래도 대답이 들리지 않자 그는 자리를 떠나며 외쳤습니다.

"잘 있어요, 로테! 영원히!"

베르테르는 도시의 성문에 도착했습니다. 그를 잘 알던 문지기들은 베르테르를 흔쾌히 성 밖으로 보내주었습니다. 밖에는 진눈깨비가 흩날렸습니다. 그는 열한 시가 다 되어 집으로 돌아와 문을 두드렸습니다. 그가 집에 돌아왔을 때, 하인은 주인이 모자를 쓰고 있지 않은 것을 알았습니다. 하지만 간섭할 상황이 아니었기 때문에 하인은 아무 말도 하지 않았습니다. 그리고 주인의 옷을 벗겨주었는데 그의 옷은 흠뻑 젖어 있었습니다. 얼마 후에 베르테르의 모자는 골짜기가 내려다보이는 언덕 근처의 바위에서 발견되었습니다. 진눈깨비가 내리던 한밤중에 그가 미끄러지지 않고 어떻게 거기까지 갔는지는 모르겠습니다.

베르테르는 침대에서 한참 동안 잠을 잤습니다. 다음 날 아침, 베르테르의 부름에 커피를 준비해서 하인이 방으로 가져갔을 때 그는 무엇인가를 적고 있었는데, 바로 로테에게 보내는 편지를 쓰고 있었던 것입니다. 그 편지의 구절은 다음과 같습니다.

나는 마지막으로 눈을 뜨고 있습니다. 이제 정말 마지막입니다. 아아! 이 눈으로 다시는 태양을 보지 못하겠지요. 자욱한 안개에 태양이 가려진 지금, 대자연이여 그대도 슬퍼해 주오! 당신의 아들이자 친구, 당신의 연인이 마지막을 향해 가고 있습니다.

로테, 마지막 아침이라는 말을 하고 있는 지금, 내 기분은 정말 뭐라 표현할 수가 없습니다. 선잠을 자는 동안 꾸는 어렴풋한 꿈 같다고 할까. 로테, 나는 마지막 아침이라는 이 말의 뜻을 잘 모르겠습니다. 나는 지금 모든 힘을 다 쏟아내며 서 있는데, 내일이 오면 나는 바닥에 축 늘어져 있겠지요.

죽는다! 이 말의 뜻은 도대체 무엇입니까? 보십시오, 우리가 죽음을 이야기할 때 우리는 꿈을 꾸게 됩니다. 그동안 나는 죽어가는 사람들을 많이 보아왔지요. 하지만 유한한 우리 인간은 자기 존재의 시작과 끝을 알지 못합니다.

그러나 여전히 나는 내 것이고, 그대의 것이기도 합니다. 아아,

사랑하는 그대, 바로 당신의 것입니다. 하지만 이토록 순식간에 이별을 하고 헤어지다니. 우리가 영원히 이별하고 헤어진다는 것일까요?

아니, 로테, 아닙니다. 어떻게 내가 사라지겠습니까? 또 당신이 어떻게 사라질 수 있습니까? 우리들은 반드시 존재할 것입니다. 사라지다니, 그런 말이 어디 있습니까? 그것은 그저 한 마디 말일 뿐입니다. 그저 헛된 소리입니다. 죽음이란 것은, 로테, 그것은 바로 차디찬 흙 속에 묻히는 것입니다. 그토록 비좁고, 그토록 어두운 곳에!

의지할 곳 하나 없이 방황하며 떠돌던 내 젊은 시절에 그 어떤 것보다 귀한 여자 친구가 있었지요. 그녀가 죽던 날, 나는 유해를 따라 무덤까지 갔었습니다. 관이 무덤 아래로 내려지고 관 아래쪽에 묶여 있던 줄이 풀리면서 위로 당겨올려졌습니다.

그리고 누군가가 삽으로 흙을 떠서 관 위에 뿌렸고, 그때 둔중한 소리가 났습니다. 그 소리는 관 전체가 흙에 덮이고 나서야 잠잠해졌지요. 그때 나는 무덤 옆으로 쓰러졌습니다. 나는 충격과 두려움에 휩싸여 제정신이 아니었고 마음은 날카로운 것으로 헤집어 놓은 듯 쓰리고 아팠습니다.

하지만 나는 어떻게 된 것인지 또 어떻게 될지 전혀 알 수 없었지요. 죽음이라는 것! 무덤! 나는 이런 말들을 도무지 이해할 수가 없습니다.

오, 이런 나를 용서하십시오! 어제의 일을 제발 용서해 주십시오. 그때가 내 생에 마지막 순간이 되었어야 하는데! 오, 나의 천사! 생전 처음으로 마음 깊은 곳에서 뜨거운 감정이 솟구쳐 올랐습니다. 그녀가 나를 사랑한다니! 그것은 그녀가 나를 사랑한다는 기쁨이었습니다. 그녀의 입술에서 흘러나온 그 신성한 불꽃을 내 입술은 아직도 느끼고 있습니다. 새롭고 뜨거운 기쁨의 감동이 나의 가슴속에서 일렁이고 있습니다. 나를 용서하십시오! 이런 나를 제발 용서하십시오!

아아, 나는 당신 또한 나를 사랑하고 있다는 것을 알고 있었습니다. 우리가 서로를 처음 보았던 그때, 당신의 진심 어린 눈빛에서, 처음 악수를 했을 때 느꼈던 그 따스함 속에서도 느낄 수 있었습니다. 그렇지만 내가 당신과 멀리 있을 때나, 당신이 알베르트와 함께 있는 것을 볼 때면 열병처럼 의심이 생기며 절망하기도 했습니다. 언젠가 어느 불편한 모임에서 당신이 내게 꽃을 보냈던 것을 기억하고 있는지요? 아아, 나는 그 꽃 앞에 무릎을 꿇고 밤을 지새웠습니다. 그 꽃은 나를 향한 당신의 사랑의 증표였기 때문입니다. 하지만 그런 감정조차 이제는 사라져버렸습니다. 신성한 계시를 눈으로 직접 보고서, 믿음으로 가득했던 신의 은총을 받은 신자가 그 벅찬 감정을 점점 잊어버리듯 말입니다.

모든 것들이 내게는 헛될 뿐입니다. 하지만 어제 당신의 입술에서 느꼈던 이 생명의 불꽃은 여전히 내 마음속에서 타오르고 있으며 영원할 것입니다. 그녀가 나를 사랑한다니! 나는 두 팔로 그녀를 안았고, 그녀의 입술에 닿은 내 입술은 그렇게 떨며 그녀의 입에 닿았습니다. 그녀는 나의 것입니다! 로테! 그렇습니다. 당신은 영원히 나의 것입니다!

알베르트가 당신의 남편이라는 것, 그것이 무슨 의미가 있을까요? 남편! 그것은 오직 이 세상에서의 일이니, 당신을 사랑하는 것과 당신을 그에게서 빼앗는 것은 분명 죄악이겠지요. 죄악이라고요? 그래요, 그것이 죄악이라면 나는 나 자신에게 벌을 내리겠습니다. 이 낙원 같은 즐거움 속에서 내 죄를 느끼며, 향긋한 생명의 향기와 그 힘을 마음껏 들이마시겠습니다. 그러니 지금 이 순간부터 당신은 나의 것입니다! 오, 로테, 나는 먼저 떠나겠습니다. 나의 아버지와 당신의 아버지를 찾아가 내 이야기를 들려드리면, 당신이 올 때까지 나를 위로해 주시겠지요. 당신이 오면, 나는 힘껏 달려가 반갑게 당신을 맞이할 것입니다. 그리고 무한한 신 앞에서 당신을 끌어안고 놓지 않겠습니다. 영원히 당신과 함께할 것입니다.

나는 헛된 꿈을 꾸고 있는 것이 아닙니다. 또한 망상에 빠진 것도 아닙니다. 눈앞에 죽음이 다가오니 모든 것이 선명해집니다. 우리는 저 세상에서 영원할 것이고 다시 만나게 될 것입니다. 나는 당신의 어머니를 꼭 찾아뵙겠습니다. 그래서 그분께 이런 나의 마음을 모두 전하겠습니다. 바로 당신의 어머니, 당신과 꼭 닮은 그분께!

열한 시가 됐을 무렵, 베르테르는 하인에게 알베르트가 돌아왔는지 물었습니다. 그는 알베르트가 말을 끌고 가는 것을 보았다며 돌아왔을 거라고 했습니다. 그 말을 들은 베르테르는 짤막한 편지를 써서 봉인하지 않은 채 하인에게 건넸습니다. 그 내용은 다음과 같습니다.

여행을 떠나려고 합니다. 권총을 좀 빌려주시겠습니까?
그럼, 안녕히 계십시오.

로테는 그날 밤 잠을 이루지 못했습니다. 그녀가 우려했던 일이 일어나고 만 것입니다. 그것은 전혀 짐작하지도 못했고 상상조차 할 수 없던 일이었습니다. 그토록 깨끗하고 순수한 그녀의 피는 열병에 걸린 듯 강렬하게 들끓었고, 수많은 생각들이 그녀의 심경을 복잡하게 만들었습니다. '내가 느끼는 감정은 베르테르와의 뜨거운 포옹 때문에 생긴 불길일까? 아니면 그의 무례한 행동에 대한 불쾌함일까? 그렇지 않으면, 아무 걱정 없이 순수했던 과거의 내 모습과 비교되는 현재의 내 모습에 대한 불만일까? 남편을 어떻게 대해야 할까? 잘못된 행동을 한 것은 아니지만 그래도 모든 것을 다 고백하려니 용기가 나지 않는 이 상황에서 어떻게 하는 것이 좋을까? 오래전부터 남편과 나는 베르테르에 대한 언급을 자제하고 있었는데, 이 시기에 예상치 못했던 그 일에 대해 다 고백해야 되는 것일까? 어쩌면 남편은 베르테르가 나를 찾아온 것만으로도 불쾌할 수도 있을 텐데, 그런 이야기까지 다 해야 될 것인가? 그 모든 이야기를 듣고도 남편이 나를 오해하지 않을 수 있을까, 어떤 선입견도 없이 내 말을 들어줄 수 있을까? 나는 항상 투명한 유리처럼 남편에게 그 어떠한 감정도 숨김없이 다 드러내왔고, 감추려 하지 않았는데 이제 그를 기만할 수 있는 것인가? 모든 생각들이 엉켜버린 로테의 마음은 혼란스러웠습니다. 그녀는 난처한 상황에 빠지고 말았습니다.

그리고 그녀는 베르테르에 대해 생각해 보았습니다. 이제 베르테르는 그녀에게서 영원히 떠난 사람입니다. 그를 그렇게 내버려둘 수는 없었습니다. 베르테르가 로테를 잃게 되면 그에게 남는 것은 아무것도 없습니다. 하지만 안타깝게도 그녀는 모든 일들을 그대로 내버려둘 수밖에 없었습니다.

그때는 분명히 의식할 수 없었지만, 이미 오래전부터 뿌리 깊었던 베르테르와 알베르트 사이의 침묵이 그녀의 마음을 얼마나 무겁게 했는지 모릅니다. 그토록 이해심 많고 착한 두 사람이 견해 차이로 소통하지 않으며, 결국에는 서로 자신이 정당하고 상대방이 부당하다고 생각해 왔던 것입니다. 그들의 뒤엉킨 관계는 중요한 순간에 이르러서도 더 이상 매듭을 풀 수 없는 상태가 되었습니다. 두 사람의 관계가 일찍 회복되고 서로에게 마음을 열었더라면, 관용을 베풀어 너그럽게 서로를 받아들였다면 아마도 우리의 친구 베르테르를 구원할 수 있었을지도 모르겠습니다.

또한 한 가지 특수한 사정이 있었습니다. 그의 편지를 통해 알 수 있듯이, 베르테르는 죽으려고 결심한 자신의 마음을 결코 숨기지 않았습니다. 베르테르의 그런 생각에 대해 알베르트는 이미 수차례 반박했었고, 로테와도 그 이야기를 나눈 적이 있었습니다. 자살이라는 행위에 대해 부정적이었던 알베르트는 평소 침착한 그의 모습과 달리 격렬한 태도로, 자살을 하겠다는 베르테르 계획의 진정성에 대해 의심하였습니다. 또한 알베르트는 다소 농담조로 베르테르의 의도를 의심하였습니다.

남편의 이러한 이야기는 두려움에 떨고 있는 로테를 안심시켜 주었습니다. 하지만 동시에 그런 남편의 말 때문에, 자신을 괴롭히고 있는 걱정에 대해 남편에게 고백하기가 더욱 어려웠습니다.

알베르트가 집에 도착하자 로테는 당황하며 그를 맞았습니다. 그의 표정은 우울해 보였습니다. 이웃에 사는 융통성 없고 속이 좁은 법무관 때문에 일이 제대로 풀리지 않았던 것입니다. 또한 집으로 돌아오는 도로 사정이 나빴기 때문에 그의 기분은 더욱 불쾌했던 것입니다.

알베르트는 자신이 없는 동안에 별일이 없었느냐고 물어보았습니다. 로테는 얼떨결에 어젯저녁에 베르테르가 다녀갔다고 대답했습니다. 알베르트는 자신에게 온 편지가 없느냐고 물었고 그녀는 편지 한 통과 소포 몇 개를 그의 방에 가져다 놓았다고 했습니다. 알베르트는 그의 방으로 들어갔고 로테는 홀로 남았습니다. 사랑하고 존경하는 남편이 돌아와 곁에 있다는 사실은 로테의 마음에 새로운 인상을 심어주었습니다. 남편의 고귀한 인품과 사랑, 그의 친절한 마음씨를 생각하자 로테의 마음은 평온해졌습니다. 그녀는 남편을 따라 들어가고 싶은 충동이 생겨 평소처럼 일거리를 가지고 그의 방으로 들어갔습니다. 알베르트는 소포를 풀어보고 편지를 읽는데 집중하고 있었습니다. 그중에는 좋지 않은 소식도 있는 것 같았습니다. 로테는 그에게 이것저것 물어보았고 알베르트는 짤막한 대답을 하고서는 책상 앞에 앉아 무엇인가를 적기 시작했습니다.

그들은 한 시간쯤 그렇게 앉아 있었습니다. 로테의 마음은 점점 침울해졌습니다. 남편의 기분이 좋다 하더라도 지금 모든 것을 고백하는 것이 얼마나 힘든 일인지를 느꼈던 것입니다. 로테는 비참한 생각이 들었습니다. 눈물마저 참으려고 하니 마음은 더욱 불안해졌습니다.

그때 베르테르가 심부름을 보낸 하인이 찾아왔습니다. 로테는 몹시 당황했습니다. 하인은 알베르트에게 편지를 전했고, 그는 차분하게 로테에게 말했습니다.

"그에게 권총을 주시오."

그리고 하인에게 말했습니다.

"여행 잘 다녀오시라고 전해 주게."

그 말은 로테에게 청천벽력 같았습니다. 그녀는 몸을 제대로 가누지 못하며 겨우 일어났습니다. 도대체 무슨 일이 벌어지고 있는지 알 수 없었습니다. 로테는 천천히 벽 쪽으로 다가가 손을 떨며 권총을 내렸습니다. 권총의 먼지를 털어내면서도 머뭇거리고 있었습니다. 만약 의심스러운 눈초리로 재촉하며 알베르트가 그녀를 쳐다보지 않았다면 그녀는 계속 그렇게 망설이고 있었을 것입니다.

로테는 아무 말도 하지 못하고 불길한 그 물건을 하인에게 건넸습니다. 하인이 돌아가자 극도로 불안해진 로테는 일감을 챙겨 자신의 방으로 들어갔습니다. 왠지 무시무시한 일이 벌어질 것 같은 무서운 예감이 들었습니다. 지금 당장 남편의 발밑에 엎드려 어제 있었던 일들과 자신이 잘못했던 일들, 그리고 지금의 불안한 예감을 모두 털어놓고 싶었습니다. 하지만 그렇게 하더라도 어쩔 수 없을 것 같았습니다. 무엇보다 남편을 설득해서 베르테르에게 다녀오라 하는 것은 바랄 수도 없는 일이었습니다.

저녁 식사 시간이 되었습니다. 지나가는 길에 들른 로테의 다정한 여자 친구가 방문한 덕분에 식사 분위기는 한결 좋아졌습니다. 로테는 마음을 진정시키고, 대화를 나누며 그 일에 대해 잊으려고 노력했습니다.

하인은 베르테르에게 권총을 건네며 로테가 그 총을 직접 꺼내주었다고 전했습니다. 베르테르는 기뻐하며 권총을 받았습니다.

그는 하인에게 빵과 포도주를 가져오라고 주문했습니다. 그리고 하인에게 식사하라며 내보낸 후 책상 앞에 앉아 편지를 썼습니다.

당신의 손길이 닿은 권총이 내게로 들어왔습니다. 당신이 손수 권총의 먼지를 털어냈다고 하더군요. 당신의 손을 거친 그 권총에 나는 천 번이나 입을 맞추었습니다. 오, 천상의 영혼인 그대여! 나의 결심을 확고하게 만들어준 그대여. 로테! 당신이 직접 이 무기를 나에게 건네주었습니다. 나는 당신의 손길을 통해 죽음을 받고 싶었는데 아아, 그 소원이 이루어지게 되었습니다. 오, 나는 하인에게 자세하게 물었습니다. 권총을 전해 주던 당신의 손은 매우 떨렸다고 하더군요. 하지만 당신은 작별 인사도 전하지 않았습니다! 아아, 어떻게 그럴 수가 있습니까! 잘 가라는 인사도 하지 않다니! 나를 당신에게 영원히 묶어놓았던 그 순간 때문에 나를 향한 마음을 닫은 것인가요?

로테, 천 년이 지나도 그날의 감동은 잊지 못할 것입니다. 그리고 오로지 당신만을 향해 이렇게 뜨겁게 타오르는 남자를 당신도 결코 미워하지 못하겠지요.

저녁 식사를 끝내고 베르테르는 모든 짐들을 잘 챙기라고 하인에게 전했습니다. 그리고 수많은 서류들을 찢고서는 남은 빚을 정리하기 위해 나갔다가 돌아왔습니다. 밖에는 비가 내렸지만 그는 다시 나가서 백작의 정원과 그 주변을 거닐었습니다. 그리고 어두워질 무렵에 집으로 돌아와 다시 편지를 쓰기 시작했습니다.

빌헬름! 마지막으로 나는 들판과 숲, 그리고 하늘을 보고 왔다네. 자네도 잘 지내게! 어머니, 이 아들을 용서하십시오! 빌헬름, 어머니를 잘 위로해 주게! 모두에게 신의 은총이 함께하기를 바라며! 내 물건들은 다 정리해 두었네. 모두들 잘 있게! 우리는 다시 만날 것이네. 더 즐거운 마음으로.

알베르트, 나를 용서하십시오. 나는 당신에게 폐만 끼친 것 같군요. 당신의 평화를 방해하며, 부부 사이에 서로를 불신하도록 만들었습니다. 안녕히 계십시오! 이제 나는 모든 것을 끝내려고 합니다. 오, 나의 죽음으로 당신들이 행복해지기를 바랍니다. 알베르트! 알베르트! 천사 같은 그녀를 부디 행복하게 해주십시오! 그럼, 신의 은총이 함께하기를!

그날 저녁, 베르테르는 서류를 뒤적이며 대부분은 찢어서 난롯불 속에 버렸고, 나머지 몇 개는 봉인해서 빌헬름 앞으로 보냈습니다. 그중 몇 개를 편집자가 볼 수 있었는데, 대부분 짧막한 글과 감상들이 적혀 있었습니다. 베르테르는 열 시에 하인을 불렀습니다. 그리고 그에게 난롯불을 더 지피고 포도주 한 병을 가져오라고 한 다음, 그만 가서 자라고 했습니다. 다른 사람들의 방처럼 하인의 방도 멀리 떨어진 뒤쪽에 있었습니다. 마차가 새벽 여섯 시 전에 올 거라고 그의 주인이 일러두었기에, 하인은 다음 날 일찍 대령하기 위해 옷을 차려 입고 잠자리에 들었습니다.

열한 시 지나서

주위는 아주 적막합니다. 내 마음도 그렇게 고요합니다. 신이시여, 마지막 순간에도 이토록 따스함을 베풀어주시니 감사할 뿐입니다.

사랑하는 그대여, 나는 창가에 서서 흘러가는 구름 사이로 영원한 하늘의 별을 봅니다. 그렇소, 저 별들이 떨어지는 일은 결코 없겠지요. 영원한 그분께서 당신들을 그리고 나를 모두 품어주실 테니까.

큰곰자리 북두칠성이 보입니다. 그것은 내가 가장 좋아하는 별이지요. 캄캄한 밤, 당신과 헤어져 밖으로 나올 때면 저 별은 항상 나를 쳐다보고 있었습니다. 나는 얼마나 기쁨에 사로잡혀 저 별들을 바라봤는지 모릅니다. 그리고 몇 번이나 두 손을 치켜들고 저 별들을 내 행복의 표식으로 정했는지 모릅니다. 오, 로테, 그 어떤 것이라도 당신을 떠올리게 하지 않는 것은 없습니다! 나의 모든 것을 둘러싼 당신이여! 아무리 사소한 것이라도 당신의 손이 닿은 것이라면 나는 어린아이처럼 욕심을 내고 소유하려 하지 않았습니까!

그리운 당신의 실루엣이여! 나는 이 그림을 당신께 돌려주겠습니다. 로테, 부디 소중히 간직해 주십시오. 밖에 나갈 때나 들어왔을 때, 나는 당신의 실루엣에 수없이 입을 맞추고 눈인사를 했습니다.

나는 당신의 아버지께 내 시신을 거두어달라는 짤막한 편지를 썼습니다. 묘지 뒤쪽 구석에 들판을 향하는 곳에 보리수 두 그루가 있습니다. 나는 그곳에서 고이 잠들고 싶습니다. 친구인 나를 위해, 당신의 아버지께서는 흔쾌히 그렇게 해주실 거라 생각합니다. 그래도 당신께서 한 번 더 말씀드려주십시오. 하지만 나는 독실한 그리스도교 교인들을 불행한 내 옆에 눕히라고 강요하고 싶진 않습니다. 아아, 어쩌면 나는 길가나 적막한 골짜기에 묻히고 싶은지도 모릅니다. 그렇게 되면 사제들과 레위인들이 축복을 빌며 내 묘비 앞을 지나갈 것이며, 사마리아인들이 한 방울의 눈물이라도 흘려줄지 모르니까요.(<누가복음> 제10장 제31~33절 참조-옮긴이)

로테! 죽음이라는 차갑고 무서운 잔을 들이마실 준비를 하면서도 나는 전혀 두려워하지 않습니다. 당신의 손으로 건네준 그 잔앞에서 나는 조금도 주저하지 않겠습니다. 모든 것! 이로써 내 삶의 모든 바람과 희망이 다 이루어진 것입니다! 나는 의연하고 담담하게 죽음의 철문을 두드리겠습니다!

로테! 당신을 위해서 나를 바치고 싶었습니다. 당신을 위해 목숨을 바쳐 행복을 느끼고 싶었습니다! 당신의 마음이 평안해지고 즐거워질 수 있다면, 나는 기꺼이 담담한 마음으로 죽을 수 있습니다. 하지만 아아, 사랑하는 이들을 위해 피를 흘리며, 그 죽음으로 새로운 삶을 맞이할 수 있게 하는 것은 극히 일부의 숭고한 사람들에게만 부여된 것이겠지요.

로테! 당신의 손이 닿은 이 신성한 옷을 그대로 입은 채 나는 묻히고 싶습니다. 당신의 아버지께도 부탁드렸습니다. 내 영혼은 이미 관 위를 떠돌고 있습니다. 사람들이 내 주머니를 뒤지지 않도록 해주십시오. 이 분홍 리본은 내가 처음 당신을 보던 날, 당신이 동생들에게 둘러싸여 있을 때, 당신의 가슴에 달려 있던 것입니다. 오, 아이들에게 천 번의 키스를 해주고 불쌍한 나의 운명에 대해서도 말해 주십시오. 정말 귀여운 그 아이들! 내 주위에서 항상 나를 에워싸고 있던 그 귀여운 아이들에게!

아아, 나와 당신은 도대체 어떻게 맺어진 것일까요! 당신을 처음 만난 그날부터 나는 당신 곁을 벗어날 수 없었습니다. 내 생일에 선물해 준 이 리본도 나와 같이 묻어주십시오. 나는 당신의 모든 것들을 정말 소중하게 모았습니다. 아아, 그때는 미처 몰랐습니다. 그 길의 끝이 이렇게 될 줄은. 하지만 걱정하지 마십시오! 부탁입니다! 제발 마음을 진정시키십시오!

총알은 이미 장전하였습니다. 시계는 자정을 가리키고 있습니다. 로테, 로테! 안녕!

이웃 사람이 번쩍하는 불빛을 보았고 총소리도 들었다고 합니다. 하지만 곧 조용해졌기 때문에 그는 특별히 신경 쓰지 않았습니다.

다음 날 새벽 여섯 시, 하인이 등불을 들고 방 안으로 들어갔을 때, 그의 주인은 바닥에 쓰러져 있었고 권총은 그 옆에 떨어져 있었습니다. 주위는 온통 피투성이였습니다. 하인은 소리를 지르며 주인을 일으켜 세웠지만 그는 아무 말이 없었습니다. 그저 가르릉거리는 소리가 들릴 뿐이었습니다. 하인은 즉시 의사를 부른 뒤 알베르트에게 달려갔습니다. 초인종이 울리자 로테는 갑자기 온몸이 떨렸습니다. 그녀는 서둘러 알베르트를 깨우며 성급히 자리에서 일어났습니다. 하인은 울면서 더듬거리며 비보를 전했습니다. 로테는 그 자리에서 정신을 잃고 알베르트 앞에 쓰러지고 말았습니다.

의사가 도착했을 때에도 가엾은 베르테르는 그렇게 쓰러져 있었고, 더 이상 생존 가능성이 없는 상태였습니다. 맥박은 겨우 희미하게 뛰고 있었지만 온몸은 이미 굳은 상태였습니다. 오른쪽 눈 위에 총을 겨누었기 때문에 머리를 관통하여 뇌수가 터져 흘러 나왔습니다. 별 소용없는 일이었지만 그래도 의사는 팔뚝의 정맥을 찢고 피를 뽑았습니다. 피가 흘러나오면서 베르테르의 가쁜 숨소리가 들렸습니다.

의자의 등받이에 피가 묻은 걸로 보아 아마도 베르테르는 책상 앞에 앉아서 총을 겨눈 것 같았습니다. 그 후 바닥으로 떨어지면서 경련을 일으키며 의자 주변에서 몸부림을 쳤던 것 같습니다.

그는 기운이 다 빠진 채, 창문 쪽을 향해 하늘을 보며 누워 있었습니다. 단정하게 푸른 연미복과 노란 조끼를 입고 있었으며 장화도 신고 있었습니다.

집안 전체와 온 마을이 발칵 뒤집혔습니다. 알베르트가 방 안에 들어왔습니다. 베르테르는 침대에 누워 있었습니다. 이마에는 붕대를 감고 있었고, 그의 얼굴은 이미 죽음의 그림자가 드리워져 있었습니다. 그의 몸은 전혀 움직일 수 없었습니다. 그저 가르릉거리는 거친 숨소리가 들릴 뿐이었습니다. 그 숨소리마저도 때로는 약하게, 강하게 불규칙적으로 들렸기 때문에 이제는 그의 마지막을 준비해야 할 것 같았습니다.

베르테르는 하인이 가져왔던 포도주를 한 잔 정도밖에 마시지 않았습니다. 그의 책상 위에는 《에밀리아 갈로티》가 펼쳐져 있었습니다.(독일 극작가 레싱의 희곡, 자살로 마무리되는 비극―옮긴이)

여기서 알베르트가 받은 충격과 로테의 슬픔에 대해서는 굳이 언급하지 않겠습니다.

슬픈 소식을 들은 노老 법무관이 말을 타고 달려왔습니다. 그는 눈물을 흘리며 이제 시간이 얼마 남지 않은 베르테르에게 키스를 했습니다. 법무관의 큰 아들들도 아버지의 뒤를 따라 들어왔습니다. 슬픔에 가득 찬 얼굴로 침대 옆에 무릎을 꿇고, 베르테르의 손과 입술에 입을 맞추었습니다. 그중 베르테르가 가장 사랑했던 맏아들은 베르테르의 숨이 끊어진 후에도 그에게서 떨어지려고 하지 않았습니다. 그래서 사람들은 그를 억지로 떼어놓으려 애썼습니다.

낮 열두 시에 베르테르는 세상을 떠났습니다. 법무관이 그곳에서 이런저런 일들을 도맡아 처리했기 때문에 별 소동 없이 진행되었습니다. 밤 열한 시경 법무관은 베르테르가 바라던 그곳에 그를 묻기로 했습니다. 법무관과 그의 아들들이 베르테르의 마지막 가는 길을 함께했습니다. 알베르트는 함께하지 못했습니다. 로테의 생명도 위태로웠기 때문입니다. 일꾼들이 시신을 메고 갔습니다. 성직자는 단 한 명도 동행하지 않았습니다.

작품
해설

1. 작가 소개

1749년 8월, 독일 프랑크프루트 암 마인에서 황실 고문관인 아버지와 시장의 딸인 어머니 사이에서 태어난 괴테는 평화롭고 부유한 생활을 하였다. 1765년 라이프치히 대학에서 법률학을 전공하였고 1771년 고향으로 돌아와 변호사로 개업을 하였다. 그리고 1772년에 고등법원의 실습생으로 베츨러에 머무르게 되었는데, 이때 샤를로테 부프를 만나게 된다. 하지만 그녀에게는 이미 약혼자가 있었다. 그녀와의 만남과 이별, 그리고 대학에서 함께 공부를 했던 친구 예루살렘이 유부녀를 연모하다가 실연을 당해 자살을 하게 된 사건들이 훗날《젊은 베르테르의 슬픔》(1774)의 소재가 되었다. 이 작품으로 괴테는 문단에서 크게 명성을 떨치게 된다. 괴테는 법률학을 전공하였지만 지질학, 광물학, 자연과학, 문학, 미술 등 다방면에 관심을 갖고 다양한 인물들과 교제하였다. 괴테 자신의 분신이기도 한 작품 속 '베르테르'의 모습을 통해서도 그가 얼마나 다재다능한 인물인지 쉽게 짐작할 수 있을 것이다.

2. 시대적 · 사상적 배경

이 소설이 씌어진 18세기 후반의 독일은 고전주의에서 낭만주의 사조로 넘어가던 과도기였다. 고전주의란 이성과 질서, 규범과

보편성을 중시하는 사조로서, 보통 인간 본연의 감성에 충실한 낭만주의와는 대립된다. 그렇기 때문에 이미 약혼자가 있는 여자를 사랑하는, 다소 부도덕하고 규범에 어긋나며 이성보다는 사랑이라는 감성에 충실했던 한 남자의 비극을 소재로 다룬 이 소설 《젊은 베르테르의 슬픔》이 당대 사회에 큰 파장을 불러일으켰던 것도 무리는 아니었다. 독일 낭만주의를 이끈 '슈투름 운트 드랑(Sturm und Drang, 질풍노도, 합리적인 이성을 중시하는 계몽주의와 대립하며 개인의 감정과 자유를 중시하는 문학 운동)'의 이념이 깔려 있는 괴테의 이 작품은 감정의 해방과 자유를 담은, 새로운 시대를 이끄는 문학 작품으로 평가되고 있다.

3. 소설의 구성

자기 내면의 감정에 충실하며, 모든 감정을 친구에게 과감 없이 고백하는 서간체(편지글) 형식의 장편소설이다. 그렇기 때문에 독자들은 로테를 사랑하는 베르테르의 진실한 마음과 더불어 그의 불안정한 심리 상태와 슬픔을 더욱 절실하게 느낄 수 있다.

소설은 1권과 2권, 그리고 '편집자가 독자에게'로 구성되어 있다. 소설의 마지막 부분은 가상의 편집자가 베르테르가 남긴 짧막한 글과 쪽지들을 모아서 소개하고 있는데, 마치 실제 있었던 사건처럼 다루고 있어서 더욱 극적인 효과를 보여준다.

4. 내용 살펴보기

《젊은 베르테르의 슬픔》은 감성이 풍부한 청년 베르테르가 이미 약혼자가 있는 로테라는 순수하고 사랑스러운 여인을 연모하다가 마침내 그 감정을 주체하지 못하고 자살로 마무리되는 비극적인 소설이다. 베르테르는 어머니의 부탁으로 유산 문제를 정리하고 자연 속에서 휴식을 취하기 위해 가상의 공간 '발하임'이라는 마을을 찾아간다. 그는 무도회에서 춤 솜씨가 뛰어나며 사랑스러운 로테라는 여인을 만나게 되어 한순간에 사랑에 빠진다. 하지만 그녀에게는 이미 알베르트라는 약혼자가 있었다. 이루어질 수 없는 비극적인 운명이라는 것을 알면서도 베르테르는 그녀를 향한 마음을 쉽게 거두지 못한다. 서로 마음이 잘 통했던 베르테르와 로테는 자주 만나며 친해지게 되고, 베르테르는 그녀의 약혼자 알베르트와도 교제를 하며 친분을 쌓아간다. 알베르트와 베르테르는 여러 면에서 다른 인물이다. 알베르트가 '이성적인' 인물이라면 베르테르는 '감성적인' 인물에 가깝다. 두 사람은 자살에 관해 찬반론을 펼치며 의견이 대립되기도 한다.

"어떻게 인간이 스스로 목숨을 끊는 바보 같은 짓을 하는지, 생각만으로도 충격적입니다."(p.79)

"기쁨, 슬픔 그리고 고통은 참는 데도 한계가 있고, 그 한계를 넘어서면 결국 파멸하게 되는 것이지요. 그러므로 이 문제에 관해서는 어떤 사람이 강하다, 약하다, 할 수 없는 것이며, 고통의 한계를 견딜 수 있는가의 여부가 중요한 것입니다."(p.83)

인용된 부분은 자살에 관한 각각 알베르트와 베르테르의 견해이다. 두 사람의 대화를 통해서도 알 수 있듯이 알베르트와 베르테르의 사고방식은 전혀 다르다. 베르테르는 알베르트를 착실하고 훌륭한 사람이라고 생각하지만 로테를 더 잘 알고 이해할 수 있는 사람은 자신이라고 생각한다. 베르테르가 여행을 떠나면서 알베르트에게 권총을 빌리고, 자살에 대해 긍정적인 견해를 피력하는 부분은 그가 비극을 맞이할 것임을 암시하는 장면이기도 하다.

로테를 향한 마음을 단념할 수 없었던 베르테르는 마음을 정리하기 위해 여행을 떠나고, 곧 알베르트와 로테의 결혼 소식을 듣게 된다. 하지만 로테를 향한 그의 마음은 변하지 않았다.

"잠에서 덜 깬 상태로 그녀를 느낄 때, 나는 그녀가 내 가까이에 있는 것 같은 착각에 행복하지만, 잠에서 깨고 나면 주체할 수 없는 마음에 눈물이 흐르고, 어디에서도 위안을 받을 수 없네. 그러면 나는 내 슬픈 앞날을 생각하며 눈물을 흘린다네."(p.91)

"때때로 나는 내가 이 세상에 진정으로 존재하는 것인지 의심스럽다네. 그럴 때마다 우울한 마음을 위로받고 싶어 로테의 손을 빌려 눈물을 닦고 싶지만, 그녀는 결코 허락해 주지 않는다네. 그럴 때면 나는 들판으로 뛰쳐나가 이리저리 방황하며, 가파른 절벽에 오르거나 길 없는 오솔길을 떠돌다가 가시덤불에 찔리기도 하지. 그때야 비로소 나는 마음의 위안을 얻는다네."(p.94~95)

이 소설은 로테에 대한 사랑의 감정을 주체할 수 없는 베르테르가 친구인 빌헬름에게 고백하는 방식으로 전개되는데, 작품 곳곳에 사랑에 대한 베르테르의 깊은 고뇌와 번민, 갈등이 고스란히 드러나 있다.

한편, 베르테르가 발하임에서 알게 된 한 청년이 사랑하는 여인 때문에 살인을 저지르게 되는데, 비극적인 소식을 접한 베르테르는 그를 변호하기도 한다. 베르테르는 청년의 순수하고 진심 어린 사랑을 누구보다 잘 알고 깊이 공감했었기에 청년을 도와주고 싶었던 것이다. 하지만 베르테르는 그를 구할 수 없게 되고 크게 낙심하게 된다. 또한 어느 산속에서 사랑하는 사람을 위해 한겨울에 꽃을 찾아 헤매는 정신착란증을 겪고 있는 사내를 만나는데, 아무런 고민 없이 순수한 그의 모습을 보면서 오히려 자신의 처지보다 낫다고 여기며 그를 부러워하기도 한다.

그러던 어느 날, 로테는 베르테르에게 너무 자주 찾아오지 말아

달라는 말을 건넨다. 그 말을 들은 베르테르는 절망에 빠져 마음이 점점 약해지고 살아갈 희망을 잃게 된다. 베르테르는 마지막으로 로테를 찾아간다. 그리고 그녀와 함께 오시안의 시를 읽으며, 벅찬 감정을 주체하지 못하고 마침내 자신의 마음을 고백한다. 하지만 그의 마음을 받아줄 수 없던 로테는 베르테르에게 다시는 만나지 않겠다는 작별 인사를 건넨다. 그 후 베르테르는 세상을 떠날 결심을 굳히게 되고 여행을 떠난다는 핑계로 알베르트에게 권총을 빌려 스스로 목숨을 끊는다.

5. 작품에 대하여

소설 속 알베르트의 말을 빌리면, 자살을 택했던 베르테르는 자신의 처지를 비관하며 고난과 맞서지 못하는 나약한 인물이다. 반면 베르테르 자신의 말을 빌리면, 그는 견딜 수 있는 한계를 넘어선 고통 속에서 살고 있었던 것이다. 자살이라는 극단적인 선택을 하며 비극적인 결말로 마무리되는 이 작품은 발표된 후에도 큰 파장을 불러일으켰다. '베르테르 효과'라 불릴 정도로 당시 젊은이들 사이에서는 베르테르가 로테를 처음 만났을 때 입었던, 그리고 죽을 때까지도 입고 있었던 노란 조끼와 푸른 연미복, 장화가 유행하였고 실연을 당한 사람들이 그의 자살을 모방하기도 하였다. 괴테의 《젊은 베르테르의 슬픔》은 이렇듯, 단순히 한 청년의 비극적인 사랑 이야기가 아니다. 이 소설은 당시 독일 문학을 지배하고 있던 이성과 질서, 도덕적인 관습만을 중시하는 풍조 속에서 숨이 막혔던 독자들에게 돌파구가 되어주었으며, 인간의 순수하고 진실한 사랑이 얼마나 소중한 것인지 다시 한 번 일깨워준 작품인 것이다.

　좋은 책은 우리에게 교훈과 감동을 준다. 하지만 보다 더 훌륭한 작품은 교훈과 감동뿐만 아니라 책을 읽는 우리로 하여금 스스로에게 질문을 던지게 한다. 약혼자가 있는 여인을 사랑한 베르테르의 마음은 죄악인가? 자살이라는 행위는 용납될 수 있는 것인가? 과연 진정한 사랑이란 무엇인가? 이 소설을 읽고 난 독자들은 수많은 질문들과 마주하게 될 것이다.

작가
연보

1749년	8월 28일 독일 프랑크푸르트 암 마인에서 출생하였다. 아버지는 황실의 고문관이었고 어머니는 프랑크푸르트 시장의 딸이었다.
1750년(1세)	여동생 코르넬리아가 출생하였다. 후에 남동생 두 명과 여동생 두 명이 태어났는데 얼마 후에 모두 사망했다.
1757년(8세)	신년에 시를 써서 조부모님께 보냈는데, 그 시는 현존하는 가장 오래된 괴테의 시이다.
1759년(10세)	7년 전쟁의 여파로 프랑크푸르트는 프랑스군에게 점령당했다. 이때 군정관인 토랑이 괴테의 집에 머물렀는데 그를 통해 괴테는 프랑스 미술, 연극, 문학 등을 배우게 되며 관심을 갖게 되었다.
1765년(16세)	라이프치히 대학에 입학하여 법률을 전공하였다. 또한 여러 예술가들과 교류하며 문학과 미술을 공부하였다.
1766년(17세)	식당 주인의 딸 케트헨을 사랑하며 교제하기 시작했다. 그녀에게 《아테네》라는 시집을 바쳤다.

1767년(18세)	《연인의 변덕》이라는 첫 희곡을 집필했다.
1768년(19세)	폐결핵으로 학업을 중단하게 되었다. 첫 희곡 《연인의 변덕》을 완성하고 케트헨과 결별했다.
1769년(20세)	1768년에 집필을 시작한 희곡 《공범자들》을 완성했다.
1770년(21세)	병이 완쾌된 괴테는 슈트라스부르크 대학에 입학해서 법률학 공부를 계속하였다. 제젠하임을 방문한 후, 그 고장 목사의 딸 프리데리케와 사랑에 빠졌다.
1771년(22세)	프리데리케와 자주 만나며 그녀를 위한 서정시를 많이 썼다. 졸업 시험에 통과한 후 공부를 마치고, 8월 프리데리케와 결별한 후 고향으로 돌아왔다. 프랑크프루트에서 변호사를 개업했으나 문학에 더 몰입하였다. 희곡 《괴츠 폰 베를리힝엔》의 초고를 썼다.
1772년(23세)	베츨라 고등법원의 실습생이 되었다. 그곳에서 로테의 모델이기도 한 샤를로테 부프를 알게 되었다.

	하지만 그녀는 이미 약혼자가 있었기에 단념하고 고향으로 돌아온다. 그 후 11월, 친구 예루살렘의 자살 소식을 듣는다. 훗날 이러한 사건들이 《젊은 베르테르의 슬픔》의 소재가 되었다.
1773년(24세)	희곡 《괴츠》를 발표하고 《파우스트》, 《에르빈과 엘미레》 등을 집필하기 시작했다.
1774년(25세)	소설 《젊은 베르테르의 슬픔》을 집필하기 시작했다. 베를린에서 희곡 《괴츠》가 초연되었고, 희곡 《클라비고》를 집필하였다.
1775년(26세)	엘리자베스 쇠네만과 4월에 약혼한 후 몇 달 뒤에 파혼하였다. 칼 아우구스트 공의 초청을 받고 바이마르를 방문했다. 그곳에서 희곡 《스텔라》, 시 《릴리의 정원》 등을 쓰기 시작했다.
1776년(27세)	바이마르의 추밀원 고문관으로 임명되었다. 궁정 여관女官 샤로테 폰 슈타인 부인과 친하게 지내며 도움을 받았다. <슈타인 부인을 위한 시> 등을 발표했다.

1777년(28세)	6월, 동생이 사망했다. 《공범자들》, 《에르빈과 엘미레》가 공연되었다.
1778년(29세)	희곡 《에그몬트》를 집필하였다.
1779년(30세)	희곡 《이피게니에》의 집필을 마치고 공연하였다. 슈투트가르트에 들러 실러가 생도로 있는 칼 학교를 방문하였다.
1780년(31세)	희곡 《타소》를 집필하기 시작하였다.
1782년(33세)	부친이 별세하였다. 황제 요제프 2세에게 귀족의 칭호를 받았다. 《빌헬름 마이스터의 수업시대》를 집필하기 시작하였다.
1785년(36세)	식물학에 관심을 갖고 연구하기 시작했다. 《빌헬름 마이스터의 연극적 사명》의 집필을 마쳤다.
1786년(37세)	칼스바트에서 아우구스트 공, 슈타인 부인과 머무르다가 이탈리아로 여행을 떠났다. 10월, 로마에 도착해서 티슈바인, 라이펜슈타인 등과 교제하며 고대 유적에 관심을 갖고 연구하기 시작했다.

1787년(38세)	이탈리아에서 머무르며《에그몬트》의 집필을 마쳤다.
1788년(39세)	로마에서 바이마르로 돌아왔다. 크리스티아네 불피우스와 연인이 되는데, 후에 그녀는 괴테의 부인이 된다. 희곡《에그몬트》를 발표하였다.
1789년(40세)	부인 크리스티아네가 아들 아우구스트를 출산하였다. 학자 빌헬름 폰 훔볼트와 교제하며 친분을 쌓았다.
1790년(41세)	괴셴 판 괴테 전집에《파우스트 단편》을 수록하였다. 색채론과 비교 해부학에 관심을 갖고 연구하였다.
1791년(42세)	바이마르 궁정의 극장 감독으로 임명되었다. 바이마르에서《에그몬트》가 초연되었다.
1792년(43세)	8월, 프랑스와의 전쟁으로 프러시아군에 소속된 칼 아우구스트를 따라 출정하였다.
1793년(44세)	5월부터 8월까지 마인츠 공방전에 종군하였다. 프랑스 혁명에 영향을 받아 희곡《흥분한 사람들》을 집필하였다.

1794년(45세)	새로 건립된 예나의 식물원을 맡아 관리하였다. 실러와 함께 〈호렌〉지 제작을 하면서 서로 가까워 졌다. 시인 프리드리히 휠덜린과 처음으로 만났다. 희곡《흥분한 사람들》을 발표하였다.
1795년(46세)	《독일 피난민의 대화》,《빌헬름 마이스터의 수업시 대》를 발표하였다. 실러와 함께 작품을 구상하며 《크세니엔》의 집필을 시작하였다.
1797년(48세)	실러의 격려를 받고 다시《파우스트》에 매달려 <헌 사>, <천상의 서곡>, <발푸르기스의 밤>을 집필하 였다.
1804년(55세)	《빙켈만과 그의 세기》를 발표하였다.
1805년(56세)	신장병으로 건강이 악화되었다. 5월에 실러가 사망 하였다. 괴테는 그의 죽음을 애도하며 <실러의 '종' 에 대한 에필로그>를 발표하였다.
1806년(57세)	나폴레옹 군대에 의해 바이마르가 점령되었다. 10 월에 크리스티아네와 정식으로 결혼하였다.

1807년(58세)	소설 《빌헬름 마이스터의 편력시대》를 집필하기 시작했다.
1808년(59세)	9월에 모친이 별세하였다. 10월에는 나폴레옹과 두 차례 회견하였다. 《파우스트》 제1부를 발표하였다.
1811년(62세)	《시와 진실》 제1부를 완성하였다.
1812년(63세)	칼스바트에서 몇 차례 베토벤을 만났다. 베토벤의 음악을 삽입한 《에그몬트》가 초연되었다. 《시와 진실》 제2부를 완성하였다.
1813년(64세)	《시와 진실》 제3부를 발표하였다. 《이탈리아 기행》을 집필하기 시작했다.
1814년(65세)	페르시아의 시인 하피스의 시집 《디반》을 읽고 자극을 받아 《서동시집》을 집필하기 시작했다.
1815년(66세)	재상으로 임명되었다. 희곡 《에피메니네스의 각성》이 공연되었다.

1816년(67세)	6월에 부인 크리스티아네가 중병으로 사망하였다. 《이탈리아 기행》 제1부와 제2부를 집필했다. 잡지 《예술과 고대》의 발간을 시작하였다.
1819년(70세)	《서동시집》의 집필을 마치고 출간하였다.
1821년(72세)	《빌헬름 마이스터의 편력시대》를 완성하여 발표하였다.
1829년(80세)	《파우스트》 제1부가 다섯 개 도시에서 공연되었다. 《이탈리아 기행》의 집필을 마쳤다.
1830년(81세)	10월에 아들 아우구스트가 사망하였다. 폐결핵에 걸려 각혈까지 하게 되었다.
1831년(82세)	7월에 《파우스트》 제2부를 완성하였다. 82회 생일을 일메나우에서 보냈다.
1832년(83세)	3월 22일에 운명하였다. 3월 26일에 후작 묘지에 안치되었다.

부록

독후감 작성하기

1. 책을 읽기 전에

본문을 읽기 전에 목차나 머리말을 훑어보면서 책이 쓰인 목적과 배경을 살펴본다. 미리 훑어보기를 하면 책의 내용을 대략 짐작할 수 있고, 또 어떤 점을 염두에 두고 읽어야 할지 알 수 있다. 이렇듯 목차와 머리말, 소제목 등을 미리 살펴보면 책을 읽을 사전 준비가 되는 것이다. 이렇게 사전 준비를 하는 사람은 아무런 준비 없이 책장을 펼치는 사람과는 독서의 질이나 효과면에서 분명 차이가 있을 것이다. 우리 모두 책을 읽기 전에 사전 준비를 철저히 해서 효과적인 독서를 하자.

2. 작품별 감상 방법

책의 종류에 따라 감상 방법이 조금씩 다를 수 있다. 작품별로 어떤 점에 유의하면서 책을 읽어야 할지 살펴보자.

1) 동화나 소설
- 등장인물의 성격, 행동, 특징 등을 살펴본다.
- 이야기가 어떻게 전개되는지 흐름을 살펴본다.
- 책이 쓰인 시대적, 사회적, 공간적 배경에 유의하며 읽는다.
- 책이 주는 감동과 교훈이 무엇인지 생각해 본다.

2) 시

- 제목이 의미하는 바가 무엇인지 생각해 보며 자유롭게 감
상한다.

3) 희곡

- 무대 상연을 목적으로 쓰인 연극 대본이기에 시간적, 공간
적 제약을 받는다는 장르적 특성에 유의하면서 읽는다.
- 대사나 해설, 지시문 등을 통해 등장인물의 성격과 내용을
파악한다.

4) 위인전

- 주인공의 성격과 행동을 파악하며 주인공의 어린 시절과
그가 살았을 당시의 사회적 배경, 가정 환경 등을 살펴보
며 읽는다.
- 위인은 고난과 시련을 극복해 낸 사람이다. 주인공은 어떤
어려움을 겪었으며 어떻게 참고 이겨냈는지 살펴본다. 또
주인공이 이루어낸 업적이 무엇인지 생각해 본다.
- 위인이 왜 존경을 받는지 그 이유와 우리가 본받아야 할
점을 생각해 본다. 책이 주는 감동과 교훈, 인상 깊었던 장
면을 떠올려본다.
- 위인이 살았던 시대와 오늘날을 비교해 보며, 앞으로의 나

의 다짐과 각오를 정리해 본다.

5) 과학 도서

- 책을 읽고 새롭게 알게 된 사실을 기록한다.
- 시대에 따라 과학이 어떻게 발전해 왔는지 그 과정을 살펴본다.
- 과학이 우리 생활을 어떻게 변화시켜 왔는지 살펴보며 읽는다.
- 과학이 우리 생활에 필요한 이유와 미래에 대한 전망을 생각해 본다.

3. 독후감 작성하는 방법

1) 구상하기

- 주제 정하기 : 가장 감명 깊었던 내용과 생각해 볼 문제를 주제로 정한다.
- 제목 정하기 : 주제가 잘 드러나도록 제목을 선정한다. 소제목은 보통 'ㅇㅇㅇ을 읽고' 등으로 제목 아래에 붙인다.
- 구성하기 : 문단을 짜서 배열한다. 처음, 중간(본문은 4~5단계 정도로 구성), 끝의 3단계로 구성한다.

2) 글쓰기

- 처음 : 책을 읽게 된 동기를 쓰고 작가나 주인공에 대한 소개를 한다. 본문에 쓸 내용을 간략하게 언급한다.
- 중간 : 책의 내용을 정리한다. 이때 생각이나 느낌 없이 줄거리만 나열하지 않도록 주의한다. 또한 주인공과 자신의 생활을 비교해 보며 가장 인상 깊었던 장면을 적는다. 그리고 주인공의 행동에 대한 자신의 생각을 덧붙인다.
- 끝 : 책을 읽고 난 후의 전체적인 느낌과 감동, 교훈 등을 정리하며 앞으로의 각오나 결심 등을 덧붙인다.

＊ 알아두기 ＊

〈독후감 형식〉

- 일반 형식 : 책의 내용과 자신의 생각, 느낌 등을 정리해서 쓰는 가장 일반적인 형식
- 편지 형식 : 등장인물이나 작가에게 편지를 쓰듯이 독후감을 작성하는 형식
- 일기 형식 : 일기를 쓰듯이 독후감을 작성하는 형식
- 시 : 시의 형태(연과 행으로 구성)로 구성하여 독후감을 작성하는 형식

4. 원고지 사용법

- 첫째 줄의 둘째 칸부터 글의 종류를 쓴다.
  (예 : <수필>, <소설>, <시>, <독서 감상문> 등)
- 글의 종류 바로 아랫줄 가운데에 제목을 쓰고 그 밑의 줄에 소제목을 쓴다.
- 학교, 소속, 이름 등은 제목을 쓴 다음 한 줄을 띄우고 쓴다. 보통 오른쪽에서 두 칸 정도를 비우고 쓴다.
- 본문을 쓸 때는 이름 밑에 한 줄을 띄우고 첫 칸을 비우고 쓴다.
- 문단이 시작될 때는 항상 첫 칸을 비우고 쓴다. 또한 문단이 바뀔 때는 줄을 바꾸어 쓴다.
- 대화나 인용문 등을 쓸 때는 줄을 새로 바꿔주고, 한 칸을 비우고 쓴다. 대화가 끝날 때까지 첫 칸은 모두 비워준다. 다만 대화나 인용문 다음에 '~할, ~라고, ~등의'와 같은 이어받는 말이 올 경우에는 다음 줄 첫 칸부터 쓴다.
- 문장부호는 한 칸에 하나씩 쓴다. 한글의 경우 한 칸에 한 자를 쓰고, 아라비아 숫자의 경우 한 칸에 두 자, 영어의 경우 대문자는 한 칸에 한 자, 소문자는 한 칸에 두 자를 쓴다.
- 마침표(.), 쉼표(,) 다음에는 한 칸을 비우지 않고, 느낌표(!), 물음표(?) 다음에는 한 칸을 비우고 쓴다.
- 원고지의 첫 칸에는 문장부호를 쓰지 않는다. 만약 윗줄에서

문장이 끝나고 아랫줄로 문장부호가 넘어올 경우에는 윗줄의 마지막 글자와 함께 문장부호를 쓴다.(윗줄 마지막 한 칸에 글자와 문장부호를 같이 쓴다.)

＊ 알아두기 ＊

〈문장부호의 쓰임〉

• 마침표(.) : 문장을 끝마칠 때 사용한다.

(예 : 저는 ○○○입니다.)

• 느낌표(!) : 감탄을 나타내거나 누군가를 부르는 말 다음에 사용한다.

(예 : 대단하구나!, 영수야!)

• 물음표(?) : 의문을 나타내는 말 다음에 사용한다.

(예 : 그것이 정말입니까?)

• 쉼표(,) : 긴 문장을 끊어주거나 비슷한 자격의 단어가 나열될 때 사용한다.

(예 : 나는 어제 학교에 다녀와서 씻고, 밥을 먹고, 숙제를 하였다.)

• 따옴표(" ", ' ') : 큰따옴표(" ")는 대화나 인용문에 사용하고, 작은따옴표(' ')는 마음속에 있는 생각을 나타내거나 특별히 강조하는 단어나 구절에 사용한다.

(예 : "너, 지금 뭐하고 있니?", '내가 정말 잘못한 것일까?')

- 쌍점(:) : 내포되는 단어를 나열할 때 쓴다.

  (예 : 문장부호 : 마침표, 쉼표, 따옴표)
- 가운뎃점(·) : 동등한 자격을 가진 단어들을 나열할 때 사용
  한다.

  (예 : 나는 어제 사과 · 배 · 복숭아를 샀다.)

5. 마치며

책을 읽는 습관은 하루아침에 길러지는 것이 아니기 때문에 어릴 때부터 책과 친해져야 한다. 특히 청소년기에 있어서 독서는 성격을 형성하거나 가치관을 확립하는데 도움을 주며 인생에 대한 지침이 되는 역할을 하기 때문에 매우 중요하다.

이렇듯 독서는 우리 인생에 있어 꼭 필요한 '습관'이다. 하지만 보다 효율적인 독서를 위해서는 읽은 내용을 다시 떠올리고 끊임없이 생각해 보며 정리하는 것이 중요하다. 우리의 기억력은 한계가 있기 때문에 한 번 읽은 책을 모두 기억할 수는 없다. 중요한 부분, 감명 깊었던 장면은 다시 한 번 생각해 보고 기록해 두는 것이 보다 효과적인 독서 방법이 될 것이다. 또한 읽은 내용을 글로 정리하다 보면 자연스럽게 글 쓰는 습관도 길러지며 작문 실력도 향상될 수 있다. 우리가 독후감을 써야 되는 이유는 여기에 있는 것이다.

독후감을 잘 쓰기 위해서는 친구들과 토론하며 여러 의견을 교환해 보는 것이 좋다. 하지만 항상 토론을 할 수 있는 여건이 마련되는 것은 아니기에, 책을 읽고 스스로 내용을 정리하고 생각을 다듬어보는 연습이 필요하다. 내가 만일 주인공이라면 어떻게 했을까, 주인공은 왜 그렇게 행동했을까 등과 같이 끊임없이 되물으며 비판적인 사고를 하다 보면 읽은 내용이 오래 기억에 남을 뿐만 아니라 창의력 향상에도 큰 도움이 된다.

지금이라도 형식이나 길이에 구애받지 말고 읽은 책의 내용과 감상을 짤막하게 기록하는 연습을 해보자. 이렇게 꾸준히 책을 읽고 감상을 기록하다 보면 어느새 독후감을 쓰는 것에 대한 두려움도 사라지게 될 것이다.